食堂メッシタ

山口恵以子

角川春樹事務所

目次

装画

田中海帆

装幀

藤田知子

食堂メッシタ

第一章

すっぴん料理

「あら、珍しい。ノレソレ（穴子の稚魚）なんてある」

黒板のメニューを目にした女性客が嬉《うれ》しそうな声を上げた。その日のお勧めには花マルが描いてあるのだが、もちろん「ノレソレのマッシュポテト添え」も花マル付きだった。

笙子《しょうこ》は自分の皿に目を落とし、思わずにんまり微笑《ほほえ》んだ。熱いエキストラバージンオイルにくぐらしたノレソレがマッシュポテトの上で湯気を立てている。口に入れると稚魚の爽《さわ》やかな風味とジャガイモのかすかな甘味、発酵バターの豊かな味わいが渾然《こんぜん》一体となって広がってゆき、最後は濃厚な旨味《うまみ》が舌を滑って喉《のど》に吸い込まれる。今日はこの皿を注文しなかったら絶対に損だ。

「野菜、どうする？」

「ラディッキオとルッコラで。それからトリッパは絶対」

「ねえ、ウイキョウとオレンジのサラダって珍しくない？　せっかくだから、どっちかパスしてこれ頼もう」

「じゃ、ルッコラ、パス。仔羊《こひつじ》のもも肉フライも食べようよ。私、ラム大好き」

「あと絶対、鰹《かつお》のカルパッチョ。マル付いてるもん」

「だよね。パスタ、何にする？」

「えーと、どうしよう？　ミートソースはこの前食べたし」

「カラスミは？　私、タラコスパゲッティ好きなんだ」

女性客は二人組で、名前は知らないが何回か顔を合わせたことがある。二人とも四十そこそこ、よく食べてよく飲む客だった。

「お肉、どうします？」

主人の満希《まき》がカウンターから顔を覗《のぞ》かせた。調理に時間が掛かるので、メインの肉料理は最初にオーダーしてもらうのがこの店の流儀だ。

「今日のお肉は……牛と豚と仔羊と鶏。赤牛のローストは？」

「確か、この前も牛だった。豚にしようよ」

「今日は豚がお勧め。残り一人前だから、外すと後悔するかも」

満希が口を添える。

「じゃ、豚のロースト」

二人は注文を終え、指定の席に着いた。

指定席と言っても、この店……酒場を意味する「メッシタ」にはカウンターしかない。わずか五坪の店内は、厨房《ちゅうぼう》と壁と大きな窓に向いた短いカウンターが四カ所、背もたれのない丸椅子《いす》が十脚、食器と調理器具が機能的に収納されたコックピットのような狭い厨房、小ぎれいなトイレ、それがすべてだった。

「お飲み物、どうされます？」

「スパークリング。ボトルで」

前回、この二人はボトル二本を空にした。今日もきっと一本では収まらないだろう。笙子はまたしてもニヤリとした。

「満希さん、私もラディッキオのサラダ下さい」

「はい」

「あと、ワインお代わりね」

満希は笙子のグラスに白ワインを注《つ》いでから、スパークリングワインの栓を開け、グラスとボトルを席に運んだ。小柄な身体《からだ》にショートカット、Tシャツにエプロン姿が定番ファッションで、料理と同じく飾り気がないが、それがとてもよく似合う。

メッシタは調理もサービスも満希一人で切り盛りしている。予約の取りにくい人気店で、今日もまだ五時半だというのにすでに三組の客が入っていた。六時半を過ぎると連日満席になるが、それでも笙子は店の流れが滞《とどこお》るのを見たことがない。

満希は一瞬も迷うことなくキビキビと動き回り、店内に目を配る。魔法のような手際の良さで次々に料理を作り、酒を出し、会計をして客を送り出し、新しい客を迎え入れる。合間には予約の電話が掛かってくるが、少しもあわてずキチンと応対する。すべての動きにはまったく無駄がない。

何度見ても、笙子は惚《ほ》れ惚《ぼ》れして溜息《ためいき》が出そうになる。最近はもう、風格さえ漂っていると思う。メッシタという店の時間の流れを一手に掌握し、思うままに操る女神の風格だ。

ノレソレの最後の一口を食べ終わり、空になった皿をカウンター越しに満希に渡した。厨房に面したこのカウンターは、調理する満希の一挙手一投足が見物できる特等席だ。

今日のオーダーはノレソレ、ブッラータ、仔牛《こうし》タンのボッリート、ウニのパスタ、そして追加のラディッキオ。五十歳をとうに過ぎた女としてはかなりの量だが、二十年前はこんなものではなかった。

今度は絶対、三人で来なくちゃ。

そうすればメインディッシュを二種類、前菜類もあと三、四品追加出来る。笙子はお勧めの鰹のカルパッチョと豚のローストが食べられないのが残念で堪《たま》らなかった。パスタとラディッキオが出来るまで、食べかけのブッラータにフォークを戻した。

ブッラータはイタリアのフレッシュチーズで、ドーム型の中央にナイフを入れると、中から濃厚な生クリームが溶け出してくる。メッシタでは皿一面に半分に切ったプチトマトを敷き詰め、その上に真っ白いブッラータを鎮座させている。まるで苺《いちご》のデコレーションケーキのような美しさだ。客席に出す直前にオリーブオイルを掛けるだけで、他には一切味付けがない。最高級のブッラータとトマトを使っていなければ、とてもこんな皿は出せないだろう。ブッラータはプーリア産だ。一皿の値段は千四百円。仔牛タンのボッリートは千二百円。仔牛タンよりチーズの方が高い……。

笙子は感心して良いのか呆《あき》れて良いのか分らなくなる。

本当に、この店の原価率って、どうなってるんだろう。

「値段の割に、良い材料使いすぎてない？」

知り合った当初、訊《き》いてみた。

「全然」

満希はきっぱり言い切った。

「うちは全部一人でやってるから、行き届かないことだらけ。唯一の取り柄は、とびきり良い材料を使ってること。これで食材の質落としたら、何の取り柄もなくなっちゃう」

満希は極上の食材しか使わない。野菜はプチトマト以外基本的にイタリアからの直輸入、魚類は毎朝築地の魚河岸《うおがし》に出かけて仕入れ、肉類も産地にこだわっている。一皿の値段は店の名の通り居酒屋並だが、食材に掛ける経費は高級なリストランテと変らないはずだ。

それでも経営が成り立つのは、人件費がほとんど掛からないのと、家賃が安いからだろう。メッシタは目黒駅から徒歩二十分近くかかる住宅地の真ん中にあって、元の店は近所の人が銭湯帰りに立ち寄る酒場だった。

「ネットで見つけた物件でね。家賃十二万を交渉して十万に負けてもらった」

以前、満希からそう聞いた。

「場所は何処《どこ》でも良かったんだ、安ければ。家賃の目安は一日の売り上げで払える範囲。普通は家賃って、三日分の売り上げが目安なんだけど」

その話をしてくれたとき、満希が作っていたのはスパゲッティ・ミートソースだった。あれは挽肉《ひきにく》入りのトマトソースを掛けたパスタという、それまでのスパゲッティ・ミートソースの概念を覆すようなインパクトだった。トマト味は控えめで、パスタ一本一本にしっかりと出汁《だし》の効いたソースが絡まり、挽肉はゴロゴロ。まるで肉料理を食べているような存在感があった。今は千二百円に値上げしたが、あの頃はまだ九百八十円だった……。

「気軽に立ち寄れるトラットリアって言ったって、一人一万円もしたら、週に二回は絶対に通えない。私なら、何も考えずに通える値段は一回二〜三千円くらいだもん。その範囲で、前菜とパスタとグラスワイン二〜三杯は楽しみたい。そんならもう、家賃削る以外無いと思って」

それにしても……と、笙子は満希の決断に頭が下がった。

「よく、こんな不便な場所でお客さんが呼べると思ったわね」

いささか失礼な問いに、満希はニヤリと不敵な笑顔を見せた。

「最初から、自信あった？」

「もちろん」

満希は笑顔のまま胸を反らした。その自信は正しかった。開店直後からメッシタの料理は評判になり、客が詰めかけた。そして、その多くが常連客として定着した。半年後には大手業界誌「料理通信」に取り上げられ、月初めに月末までの予約が埋まる人気店となっていた。

「お待たせ。ラディッキオのサラダです」

カウンター越しに差し出された皿には、ラディッキオが山盛りになっている。白い根元とワインレッドの葉先のコントラストが鮮やかなイタリア野菜で、イタリアレタスと訳された時代もあった。サラダ用のラディッキオはラディッキオ・タルティーボ。トレビーゾ産の遅づみだ。味付けは塩とオリーブ油と粉チーズ、そこに甘いバルサミコ酢が垂らしてある。もちろんすべてイタリア製で、塩はシチリア産だ。一本つまんで口に入れると、シャキシャキした歯触りが心地良く、ほのかな苦みとバルサミコ酢の甘さが良く合っている。初めて食べたときの印象は「少し白菜に似ているかも」だった。

別の女性二人組の前にはルッコラのサラダも置かれている。こちらは緑の葉が山盛りだ。味付けは同じく塩とオリーブ油と粉チーズ、赤ワインビネガー。

ラディッキオのサラダもルッコラのサラダも、皿の上の野菜は一種類だけで、レタスその他の飾りは一切無し。素っ気ないというのは当たらない。潔いのだ。

「余計な野菜足したら、むしろ貧弱だと思う。ルッコラならルッコラだけドカッと盛ってある方が、一品に集中できるし、印象が強いでしょ。私はその方が贅沢《ぜいたく》な感じがする」

初めてルッコラのサラダを注文したとき、笙子がその潔さを褒めると満希はそう言った。

「私、幕の内弁当より牛タン弁当！」

メッシタの料理はすべてそうだ。余計な飾り付けが一切無い。一人で作っているから手間を省くという消極的な理由ではなく、メインの料理だけで勝負するという強気の表れだ。

サラダ類のように、手間を掛けずに優れた素材の味を供する料理だけではない。二度の下茹《したゆ》でを経て一日掛けて煮込むトリッパ、ニンニクとローズマリーでマリネしてから衣を付けて揚げる仔羊のもも肉フライ、揚げ物に必ず添える赤タマネギのアグロドルチェ（甘酢煮）、スープと煮物の基本になる鶏のブロード、そして各種肉のローストなど、手間ひまと繊細な火入れ技術を要する料理も数多くある。

ただ、それがあまりにもさりげなく、少しも勿体《もったい》を付けずに出されるので、お客は簡単な料理のように錯覚してしまうのだ。

「はい、ウニのパスタです」

水色の深皿に盛られたパスタから湯気が立ち上り、食欲をそそる香りが鼻先に漂う。これが本日笙子がオーダーした最高額料理で、千九百円也。一番上に載ったウニをパスタに絡めて口に運ぶと、濃厚なウニの味の中に磯の香りが満ちくる。炒《いた》めたアンチョビとトマトが溶け出したソースの賜物《たまもの》だろう。アンチョビは磯の香りを、極力抑えたトマトは味の輪郭を際立たせる。そして絶妙の加減で振られた塩が、すべての素材の旨味を引き出していた。

身体中に満ちて行く幸福感の中で、笙子はちょっぴり後悔する。

やっぱり、パスタは最後よね。

パスタでこんなに満足してしまうと、メインディッシュの肉料理を食べる前に、もう一度気力を奮い立たせなくてはならない。

炭水化物の為《な》せる業《わざ》だわ。それに日本人の感覚だと、麺類《めんるい》はシメだもの。

「ボッリートです！」

皿に残ったパスタソースをペロリと舐《な》め取ったとき、満希が新しい皿を差し出した。ボッリートは牛や鶏の様々な部位を水煮するイタリアの伝統料理だが、満希は上質の仔牛タンを仕入れた際に、一人でも食べられるこのタンだけのボッリートを作った。付け合わせはパプリカのペペロナータ。ソースのサルサベルデが味のアクセントだ。ペペロナータは、皮をむいたパプリカの煮物、サルサベルデはイタリアンパセリをたっぷり使った酸味のあるソースで、どちらも肉や魚の料理に良く合う。

「ワイン、お代わり下さい」

笙子はボッリートに敬意を表して、この日四杯目のワインを頼んだ。仔牛のタンは脂肪分が少なく、あっさり味なので、白ワインにも合う。笙子は赤ワインがあまり好きではないので、肉料理にも白かスパークリングで通すことが多かった。

満希は笙子にワインのお代わりを注いでから、男女三人で来ている客の席に赤牛と骨付き仔羊のローストの皿を運んだ。お腹《なか》いっぱいなのに、つい他人の料理を目で追ってしまうのは、それもまた素晴しく美味《おい》しいことを知っているからだ。胃袋が一つしか無いのが残念になる。

「今月、もう一回三人で予約できない？」

女性二人に挟まれて座っている男性客が尋ねた。

「申し訳ありません。もう、月末まで満席なんです」

「え～、ホント？」

「がっかり」

両脇の女性が同時に声を漏らした。

「時間帯は早くても遅くても、構わないんだけど」

「すみません。今月は月初めから予約がいっぱいで」

満希はぺこりと頭を下げた。

「驚いた。噂《うわさ》には聞いてたけど、すごい人気だね」

満希は空いた皿を下げ、厨房に戻った。

「今月は特別なんですよ。三月いっぱいで閉店するんで」

「ええっ！　うそ！」

「マジで？」

二人の女性が頓狂《とんきょう》な声を出した。

「今度は自由が丘で開店しますんで、また是非いらして下さい」

満希は洗い物を片付けながら言った。

「ああ、移転するんだ。店やめちゃうのかと思って、ビックリしたよ」

「良かった。また食べられるのね」

「でも、残念。やっと店の場所覚えたのに」

「そうと知ってたら、もっと早く来たのに」

「新しい店の名刺、ありますか？」

「はい。お待ち下さい」

満希は濡《ぬ》れた手を拭《ふ》きながら出てきて、レジ脇の容器から名刺を三枚取り、客たちの前に置いた。

「名刺、出来たんだ」

「満希さん、こっちもちょうだい」

鰹のカルパッチョを食べていた女性二人客が手を出した。鰹は分厚い切り身が二切れで、クスクスが添えてある。味付けは塩・胡椒《こしょう》・ワインビネガーとオリーブ油のみだが、前回食べたときは鰹特有の臭みが全くなく、爽やかな風味に驚かされた。よほど鮮度が良いのだろう。

「私も」

笙子もついでに名刺をもらい、会計を頼んだ。

入り口のガラス戸が開き、若いカップルが顔を覗かせた。

「今日は！　ご予約ですか？」

満希が元気よく声をかけた。

「違うんですけど、ダメですか？」

二十代後半と覚しき青年が店内を指さした。

「すみません。ご予約のみでお願いしてるんです」

カップルはチラリと顔を見合わせ、そのまま出ていった。メッシタでは一日に何度か遭遇する光景だ。

振りで入れた期間は短かったな……。

ワインの酔いが回った頭で、笙子は開店当初のメッシタを思い出した。あっという間にお客が増えて、翌年には基本的に予約のみになってしまった。振りで入れるのは五時前か十時過ぎだけ。それも運が良ければで、遅い時間は料理が全部売り切れていたこともある。

勘定を支払い、ドアを開けると、満希が出口に立って見送ってくれた。

「ありがとうございました！」

蘇芳《すおう》満希が三月いっぱいでメッシタを閉店することは、常連客には前の年に知らされていた。それを聞いたほぼ全員が、まさに青天の霹靂《へきれき》と耳を疑った。

宮本《みやもと》笙子もその一人だった。

「どうして？　こんなに繁盛してるのにやめるだなんて、勿体《もったい》ないわよ」

声はいつもより半オクターブ高くなり、まるで問い詰めるような響きになった。そこには「私の週二回の晩ご飯はどうなるのよ？」という訴えが込められていた。

昨年の春、メッシタが定休日の日曜日、笙子が満希をロードショーに誘い、銀座のカフェで夕食の時間までおしゃべりしていたときのことだ。

満希は店では小さなピアス以外アクセサリーを付けないが、休日にはお洒落《しゃれ》を楽しんでいて、その日も大ぶりの指輪とブレスレットを付けていた。小柄なのにどういうわけか、おとなしめのデザインより大胆な方がずっと似合う。

「でも、私も来年四十だし、このままのペースであと五年続けるのは難しいと思うのよね」

満希の穏やかな口調に、笙子のヒートアップした感情も冷静さを取り戻した。

そうだった。若々しい外見とパワフルな仕事ぶりに目が行って気が付かなかったが、メッシタを開いてからすでに五年が経《た》つ。その間に満希も五歳年を取ったのだ。これまでの五年とこれからの五年は、一人の人間の体感ではすべてが違ってくる。そして、おそらく女性の方が男性よりもその差を切実に感じるだろう。

「掃除だけは父に頼んでるけど、あとは買出しも仕込みも料理もサービスも全部一人でやって、四時から十二時まで店開けるのは、今にしんどくなると思う。そうなってからあわてるより、今のうちに別のスタイルに転換した方が良いと思うんだ」

笙子は黙って頷《うなず》いた。まったくその通りだ。満希はスーパーマンでもサイボーグでもない。

「ちょうど、来年で賃貸契約が切れるから、良い機会だと思って」

それでも、満希もいくらか寂しそうに微笑んだ。

「もちろん、寂しくないわけじゃないけど。初めて持った自分の店だし、思い入れもいっぱいあるし」

「そうよね。他にこんな店、ないもの」

安くて美味しいだけではない。満希の作る料理はまごうかた無き正統派イタリア料理だった。ここまで頑固にイタリアの韻を踏んだ料理を出す店は珍しい。多くの店が「お客を呼べない」という理由で和風アレンジを取り入れている中、こんな不便な場所にある居酒屋に毛の生えたようなちっぽけな店が、イタリア各地の郷土の味をそのまま伝えているのだ。

「メッシタが閉店したら、皆さんがっかりするわね」

「うん。でも、料理をやめるわけじゃないから」

満希は、実家を建て替えて、新しい店をオープンする計画だった。

「我家も老朽化してるからね。一階が店、二階が住居ってことで」

そうすれば通勤に掛かる時間のロスがなくなる。

「お家、何処だっけ？」

「自由が丘」

満希は小型のリュックからボールペンを取り出し、ナプキンに簡単な図を描いた。カウンターは一つで、中央に六人掛けのテーブル席がある。

「テーブル席なら、お年寄りも座れるから」

以前、常連客に「母にもここの料理を食べさせてあげたいけど、高齢で足が弱いから、背の高い丸椅子には危なくて座らせられない」と言われたことがあるという。

その意見には笙子も同感だった。もし母が生きていても、今のメッシタでは連れてこられなかっただろう。

「新しいお店は、一人じゃ無理ね。今より規模が大きいし」

「ううん、スペースは広がるけど、席数は一つ減る。だから一人でやるつもり」

満希は、新しい店の計画を色々と話してくれた。濃い睫毛《まつげ》に縁取られた瞳《ひとみ》は常にも増して生き生きと輝き、声は明るく弾んでいた。新しい店の開店を満希がどれほど楽しみにしているか、十分に伝わってきた。笙子も心から新しい出発を祝福したが、それでも一抹の寂しさを感じないではいられなかった。

満希は心残りはないだろう。自分のスタイルを貫き、全力を尽くしてやってきた。しかも、それは大成功した。六年で一区切りというのは切りが良い。

でも、新しい店はメッシタとは違う……。

同じ料理が出てきても、それだけではメッシタではない。壁一面を覆う黒板に白墨で書かれたぶっきらぼうなメニュー。厨房のタイルに描かれたメルヘンチックな絵柄……実は目地の汚れを隠すための苦肉の策だとは後で知った。店内のそこここに飾られた可愛《かわい》らしい仔豚のグッズ。客の注文をテキパキとさばき、コックピットのような狭い厨房でスピーディーに料理する満希。威勢は良いが乱暴ではなく、飾り気はないが親切な応対。その中で次々に生み出される、見た目はシンプルだが食べると奥深い味の料理。すべてが分かちがたく結びついている。それがメッシタなのだ。

その時、不意に笙子の胸に兆した思いがある。

メッシタのことを書きたい……！

東京の片隅にこの類《たぐ》い希《まれ》な空間があったことを、記録に残したい。メッシタと蘇芳満希の物語を、人々の記憶に残したい。

笙子はその思いをゆっくりと反芻《はんすう》した。繰り返して胸に刻むうちに、思いつきでしかなかったアイデアは明確な意志に形を変えた。

「宮本さん？」

満希が怪訝《けげん》な顔で声をかけた。自分の思いに埋没していた笙子は、きっとぼんやりしているように見えたのだろう。

「あのねえ、満希さん」

笙子はコーヒーの残りを飲み干し、背筋を伸ばした。

「私に、満希さんの話を書かせてくれないかな？」

満希は目をぱちくりと瞬いた。

「私の？」

「うん」

店にいるときはいつも決然として、いささかの迷いもない満希の顔に、戸惑いが浮かんだ。

「でも、そんなの無理だと思うよ。私、芸能人でもないしさ。読む人、いないよ」

笙子ははっきり首を振った。

「メッシタと満希さんのことを、文章にして残したいの。世界に一つしかない店と、その店のオーナーシェフの物語を、本の形で残したいの。だって……」

笙子は思わず身を乗り出した。

「新しい店がオープンしたら、前の店のことは、どうしても人の記憶から遠のいてしまうでしょ。メッシタがあの場所にあった期間がどれほどかけがえのないものでも、無くなってしまえば、どんどん印象が薄くなる。そして、最後には忘れられてしまう。そんなの、勿体ないじゃない。悔しいじゃない。哀《かな》しいじゃない」

「宮本さんって、熱血キャラだった？」

満希はかすかに笑みを浮かべた。明らかに照れていた。

「実は、そう。変?」

「ううん」

満希は首を振り、居住まいを正した。

「メッシタのこと、そんな風に考えてくださって、ありがとうございます」

ぺこりと頭を下げ、もう一度上げたときは笙子に劣らず真剣な顔をしていた。

「私、とっても嬉しいです。光栄です。え～と、頑張って下さい」

「良かった」

笙子はホッと胸をなで下ろした。満希が賛成してくれなければ、メッシタを本にするという試みは諦《あきら》めるしかない。

「お店は忙しいから、お休みの日に、たまにお話聞かせてくれる?」

「良いですよ。何でも訊いて下さい」

満希はニコッと笑って頷いた。嬉しそうな笑顔だった。

笙子も嬉しかった。誰にも話したことはないが、笙子はメッシタと出会ったことで、人生最大の危機から救われた。少なくとも笙子自身はそう思っている。だから、メッシタを本にすることが出来れば、恩返しになるかもしれない。

随分長いこと掛かってしまったけど、これで私もやっと、新しい一歩を踏み出せる。

そう思うと、身体の奥に死蔵していた諸々《もろもろ》の感覚が、ゆっくりとだが確実に甦《よみがえ》ってくるような気がするのだった。

　メッシタが目黒の元競馬場前バス停から徒歩一分の地にオープンしたのは二〇一一年の四月二十四日だった。東日本大震災から一月半ほど過ぎたばかりで、まだＪＲや地下鉄駅の構内が節電のために薄暗かった頃である。

　笙子の住まいは停留所から徒歩三分の距離にある。メッシタの一つ先の角を曲がって少し入った左側の中古マンションだ。いつも家からバス停まで歩く間に、新装開店したメッシタの前を通っていたはずなのに、店の存在に気が付いたのは六月初めだった。

　その頃の笙子は、何とか職場と家の間を往復していたけれど、周囲の風景など目に入らなかった。突然、母を失ってしまったから。

　東日本大震災の当日、笙子は仕事で京都にいた。京都ではほとんど揺れを感じなかったが、テレビのニュース速報で津波の映像が流れ、周囲は騒然となった。仕事先の出版社には固定電話も担当編集者の携帯もまったく通じず、かろうじてメールで連絡を取った。

　一人で家にいる母のことが案じられたが、メールの出来ない母には連絡する手段がなかった。ただ、普段母が過ごすリビングは周囲に高い棚もなく、壁には絵も賞状も飾っていないので、落ちてくる物に当たって怪我《けが》をすることもあるまいと思われた。取り敢《あ》えず差し迫った危険はないと自分に言い聞かせ、その日はビジネスホテルに泊まり、翌日帰宅することにした。

出来るだけ早い時間の新幹線の切符を手に入れて、東京へ向った。前日に友人から「コンビニの棚が空になるのを初めて見た」というメールが来たので、あらかじめ京都のコンビニでインスタント食品を仕入れる周到さも持ち合わせていた。そして、昼前に何とか家に帰ることが出来た。

「ただいま!」

玄関のドアを開けるや、リビングに向って声を張り上げた。母はどんなに心細い思いをしているだろう。自分が帰ってきたら、安心してくれるはずだ。

テレビの音が聞こえてくる。しかし、返事はなかった。

「お母さん……」

笙子はリビングに足を踏み入れた。母はいつも通り、テレビの前の安楽椅子に座り、オットマンに足を載せて、わずかに口を開けたまま目を閉じていた。テレビはかなりの音量で、有線の時代劇専門チャンネルのドラマを放映していた。

またテレビを観《み》ながら居眠りしているのだと思った。

「よくこんなデカい音の中で眠れるよね。ほら、ただいま。帰ってきたわよ」

安楽椅子の前に回り込んで床に膝《ひざ》をついたとき、異変に気が付いた。母の胸は動いていない。

「ねえ、どうしたの?」

肩に手を掛けて愕然《がくぜん》とした。いつもと違う。あわてて頬《ほお》に手を触れ、その冷たさに凍り付いた。

「お母さん! ねえ、お母さん!」

肩を揺すると、ガックリと首が垂れた。その時、頭ではもうこの世の人でないと分ったが、気持ちがついて行かなかった。

「どうしたのよ！　ねえ、しっかりして！」

無駄と知りながら必死に呼びかけ、腕や手をさすった。十分か十五分ほどそうして空《むな》しい努力を続けた後、やっと事態を受け容《い》れた。

どうしよう……。

笙子は途方に暮れた。人が病院で亡くなることが一般的になっている昨今、ほとんど誰でも、自宅で家族の死に遭遇したら、同じような反応を示すだろう。

救急車、呼ばなきゃ。

それしか思い付かなかった。救急車は生きている人の救助のために存在し、すでに死んでしまった人を病院へ運んではくれないなどと、誰が思うだろうか。しかし、現実はそうなのだった。

「お気の毒ですが、我々はこのまま引き上げます」

死後半日以上経過している母の状態を見て取ると、救急隊員は言いにくそうに告げた。

たちまち笙子は困惑した。それではこれからどうすれば良いのだろう？

救急隊員はますます言いにくそうに付け加えた。

「こんな時にまことにお気の毒ではありますが、こういう場合の規則ですので、我々はこのことを警察に通報します」

「……警察？」

「家庭で亡くなられた場合、変死という扱いになりますので」

「……変死、ですか？」

「警察で調べて、死因を特定することになります」

救急隊員は短く悔やみの言葉を述べて、引き上げていった。

それから警察官が訪れるまでの間、笙子はなすすべもなく母の亡骸《なきがら》と向き合っていた。

死はあまりに突然だった。確かに母は八十五歳で、高血圧と糖尿病を患い、七年前に脳梗塞《のうこうそく》の発作を起こしてからはいくらか認知症気味でもあった。しかし、緩やかに下降線をたどってはいても、急に墜落するとは夢にも思わなかった。月一回、定期的に通っている医院でも、急激な悪化を示す兆候はないと言われていたのに。

事件性の有無を確かめるためという理由で、笙子は警察官に根掘り葉掘り尋ねられた。亡くなったのは前日で、その時笙子は京都にいたのだから、もとより容疑が掛けられるはずもないが、別の人間が侵入したかも知れないという。

結局、母の遺体は大塚の監察医務院に運ばれて解剖された。死因は脳梗塞だった。

内輪だけの葬儀を終え、遺体を火葬して父の墓に葬るまでの日々は、無我夢中でやり過ごした。気が張っていたせいだろう、落ち込むこともなく、葬儀の三日後には仕事に復帰した。

悲しみはカウンターパンチのように瞬時にではなく、ボディブローのようにジワジワと効いてくるらしい。笙子は納骨が終わった途端、気力が尽きてしまった。

笙子を打ちのめしたのは自責の念、つまりは母に対する申し訳なさだった。

笙子の父は小学校三年生の時、スキルス性胃癌《いがん》で亡くなった。癌が発見された時はすでに末期で、余命は半年に満たなかった。まだ三十六歳の若さだった。

母子家庭になっても笙子が大学に進学できたのは、母が国立の大きな病院に勤める看護師だったからだ。第一内科の看護師長にまで昇進したほど優秀だったので、定年退職後も個人病院から良い条件で再就職の勧誘があった。

笙子も幼心ながらに母の苦労を思いやり、真面目《まじめ》に勉強した。だからいつも優等生で、大学は名門私大に合格し、氷河期と言われる就職難を克服して一流どころの出版社に就職した。

そこまでは良かった。だが、それからは母を失望させる一方だったと思う。

二十七歳の時、妻子ある上司と不倫関係に陥った。簡単に言えば、妻との仲は冷え切っているという決まり文句にコロリころりとだまされ、三十歳まで不毛な関係を続けた挙げ句、ポイと捨てられたのだった。初めて妊娠した子供を上司に懇願されて中絶した直後に。笙子は痛手から立ち直れずに心療内科に通い、遂には退職を余儀なくされた。

もちろん、娘の不倫に気付いた母は心を痛め、何度も別れなさいと忠告した。結局は笙子が傷つくのだからと。しかし、男に夢中になっている娘が親の忠告など聞くはずがない。忠告は懇願と叱責《しっせき》と命令に形を変えたが、笙子は不倫を続け、結局母の言った通りになった……最悪の結末に。

その後、笙子は先に退職したかつての先輩社員の紹介で、雑誌のライターを始めた。社会問題からフード、ファッション、風俗まで何でもこなせる器用なライターとして、各方面から重宝され、今日に至っている。まず順調と言えるだろう。

だが、母はおそらく自分に失望しているだろうと、いつも心の隅に忸怩《じくじ》たる思いを抱えてきた。母は娘がフリーランスのライターになることを願っていたわけではあるまい。せっかく一流の会社に入ったのだから、定年まで立派に勤め上げ、みんなに祝福されて退職して欲しいと思っていたはずだ……母がそうだったように。そして、幸せな結婚をして欲しい、孫の顔を見せて欲しいと望んでいたはずだ。

それは決して分不相応な望みではなかった……あの時、泥沼のような不倫に落ちていなければ。すべては自分の愚かさの罪だと思う。もう少し自重していれば、もう少し自分を大切にしていれば、母の望むような自分でいられたのに。

それでも、母が笙子を責めたことは一度もなかった。男に捨てられてボロボロで心療内科に通院している時も「あんたが悪いんじゃない」と言ってくれた。「辛《つら》いだろうけど、みんな忘れて、やり直すのよ」と励ましてくれた。その言葉の裏に「だからあれほど言ったじゃないの」という非難がましい響きは、微塵《みじん》も感じられなかった。

だから一層辛かった。自分の行いがどれほど母を傷つけ、悲しませたか、母を失った今になって津波のように押し寄せてくるのだ。取り返しの付かない過ちだった。やり直すことも、償うことも出来ない。後悔だけが残っている。後悔だけが……。

重苦しい気持ちとは正反対の、明るく爽やかな五月が終わり、六月になった。

その日も仕事先から目黒駅に戻ってバスに乗り、元競馬場前で降りた。思いの外打合せが早く終わったので、時間はまだ七時前だ。六月の七時は日没すれすれで、周囲はほの明るい。

目黒通りをうなぎ屋の前で曲がると、角の店のドアが開き、若い女性が二人出てきた。二人とも明るい色のワンピース姿で、殺風景な路地に蝶《ちょう》が飛んできたようだった。

笙子は何となく足を止め、きれいな若い二人連れを眺めた。

「どうもごちそうさま！」

「すごく美味しかったです！」

弾んだ声にロングヘアが揺れていた。

「ありがとうございました。またお待ちしてます！」

威勢の良い声は店の前に立つエプロン姿の女性だった。エプロンの下は半袖《はんそで》Tシャツとチノパンツ。ショートカットの髪を茶色く染め、小麦色の肌はノーメイクで、つやつや光っている。小柄でボーイッシュ。獲《と》れ立ての若鮎《わかあゆ》のように、今にも飛び跳ねそうだ。

……ピーターパンみたいな子だな。

それが笙子が蘇芳満希に抱《いだ》いた第一印象だった。すでに三十半ばになっていた満希を「子」というのはおかしいが、笙子にはまるで少女のように見えた。おそらく、小柄な身体の隅から隅まで、指の先までも、勇気と希望が目一杯詰まっていたからに違いない。全身から今を生きる喜びと活力が溢《あふ》れ出すようで、笙子はまぶしい気がして目を細めた。

「こんばんは」

満希は道に突っ立っている笙子に笑顔で挨拶《あいさつ》した。開け放ったドアから、厨房の香りがふわりと漂って、笙子の鼻先をくすぐった。

「あの、一人ですけど、良いですか?」

美味しそうな香りに誘われて、つい口走った。

「どうぞ、いらっしゃいませ」

満希は再びニッコリ笑い、先に立って店の中に入った。

「空いてるお席に、どうぞ」

とは言え、空いている席は三つしか無かった。笙子は三人掛けのカウンターの一番端に腰を下ろした。

「メニュー、黒板に出ているんで」

向かいの壁の一面が黒板で、チョークでその日のメニューが書いてあった。サラダとチーズ、前菜類は二列に渡っていて、十二、三品はある。その下にメインの魚と肉料理が五品、パスタ類はトイレのドアに書いてあった。

「あっと。ウサギはもうお終《しま》い」

満希は雑巾《ぞうきん》を取って「ウサギのロースト」の文字を消した。

店にも厨房にも満希以外、店の人間は誰もいない。笙子はひどく意外な気がした。おでんやラーメンのような一品料理なら分るが、これだけの種類の料理を出す店で、サービス係もアシスタントもいなくて客をさばけるのだろうか？

厨房でパスタを茹でながら、満希が尋ねた。

「お飲み物、どうされますか？　グラスワインは赤と白、スパークリング。ボトルは何種類か用意してるんですけど」

「それじゃ、スパークリングでお願いします」

笙子は黒板をじっくり眺めて、野生ルッコラのサラダ、鶏レバーのクロスティーニ、鱚《きす》のフリット、米ナスのグラタンを注文した。

まず緑がてんこ盛りのルッコラが登場し、次にクロスティーニが出された。クロスティーニはトーストしたバゲットに具材を載せた前菜で、笙子はてっきり鶏レバーのペーストが載っているものと思っていた。しかし、目の前に現れたのは、熱々のレバーピュレだった。その正体はオリーブ油で炒めたタマネギとニンニクに鶏レバーと白ワインを加えてフード・プロセッサーに掛け、再び鍋に戻して加熱し、塩・胡椒で味を調えたものだ。トスカーナ地方の前菜の定番とは、後に知った。

「……美味しい」

一口食べて、思わず呟《つぶや》いた。口に入れた瞬間、新鮮なレバーの風味と濃厚な脂の旨味がふわっと広がり、舌に溶けて行く。無我夢中で次を頬張《ほおば》り、気が付いたらたっぷり鶏レバーピュレの載ったバゲット二切れを食べ尽くしていた。

笙子は俄然《がぜん》食欲が湧《わ》いた。考えてみれば朝からコンビニのおにぎり二個しか食べていない。その他はブラックコーヒーが五杯。

「お待たせしました、あさりのパスタです！」

満希が別の客席にパスタの皿を運んでいった。目の前を通り過ぎるあさりが溢れんばかりのパスタを見た途端、反射的に叫んでいた。

「すみません、私もあさりのパスタ下さい！」

パスタのメニューは他にも鰯《いわし》・カラスミ・ミートソース・カルボナーラなどがあったのだが、迷わずあさりを選択した。

続いて出てきた鱈のフリットはもちろん揚げたてで、ほんのり湯気が立ち、上に赤タマネギの冷たいマリネが載っていた。実はマリネではなく、アグロドルチェという砂糖と赤ワインビネガーを使った煮物で、シャキシャキした歯ごたえが残っているのに全然水っぽくない。温度の落差を味わってもらうために、メッシタのフリットには必ず添えられる品だった。

フリットはカリッとした衣の中に、ふんわりした鱈が包まれている。淡泊な白身魚はビールを混ぜた硬めの衣をまとうと、味に厚みが加わる。そこに冷たいアグロドルチェをつまむと、相乗効果でますます食が進むのだった。

笙子は母の死から約三ヶ月、まともな食事をしていなかった。家で料理をする気にはならず、朝食は抜き、昼と夜はコンビニのおにぎりか弁当、カップ麺で済ませてきた。それも仕事で外出すればの話で、一日家にいるとコーヒーとカップスープだけになる。食べることに対する意欲がなくなってしまったのだ。

そんな生活を続けて悪影響が出ないわけはない。不健康な食生活と精神の荒廃のために、肌からは張りが、髪の毛からは艶《つや》が、徐々に失われつつあった。三ヶ月の間に幾つも老けてしまったことを、笙子も感じていた。だからといって、生活を立て直す気力もない。ズルズルと悪い方へ流されて行く日々を送っていた。

「米ナスのグラタンです」

チーズのたっぷり載ったグラタンは五百八十円だった。しかし、フォークですくうと糸を引くチーズは、水牛のモッツァレラだった。

笙子は三杯目のスパークリングワインをお代わりし、熱々のグラタンにフウフウ息を吹きかけて口に入れた。

何故《なぜ》かその時、母が初めて買った電気オーブンでナスのグラタンを作ってくれた、小学校五年生の夏休みを思い出した。笙子が「うちでケーキを焼きたい」とせがんで買ってもらったオーブンだった。笙子は高校生になるとケーキ作りをやめてしまったが、母はそれからもオーブンを活用した料理を作ってくれた。中でも季節のグラタンが一番多かった。夏はナス・アスパラガス、冬はジャガイモ・ホウレン草・牡蠣《かき》。エビとホタテは一年中だった……。

ぼんやりそんなことを考えていると、パスタが登場した。水色の深皿にたっぷり盛られ、普通の店の一・五倍はありそうな量だ。殻付きのあさりが所狭しとパスタの中に埋まっている。海の香りがギュッと詰まった身を噛《か》むと、貝の旨味とスープの美味《うま》さが飛び出してくる。ニンニクの香りはごく控えめだが、ほどよいアクセントを添えている。パスタはアルデンテなのにしっかりスープの味を吸い込んで、麺だけでも一皿になりそうな美味しさだった。

無心にパスタを頬張っていると、何故かまた懐かしい料理が甦った。春になると必ず頻繁に登場したあさりの味噌汁《みそしる》、あさりの炊《た》き込みご飯、あさりのぬた。雛祭《ひなまつり》には必ずハマグリの潮汁《うしおじる》が出た。

子供の頃は大してありがたいとも思わなかったけれど、大人になってからは、そして母がもう食事を作れなくなってからは、忙しい勤務の中でどれほど日々の食事を大切にしてくれたことかと、感謝しかなかった。

大正十五年生まれの母は、きっと死ぬまでスパゲッティ・ボンゴレ……あさりのパスタなんか食べたことがなかったに違いない。このパスタを食べたら、何と言うだろうか？

ポトンと、皿に水滴が落ちた。笙子はあわててバッグからティッシュを取り出し、鼻をかむっいでのようにして瞼《まぶた》を拭《ぬぐ》った。

「花粉症ですか?」

勘定をするとき、満希が気の毒そうに尋ねた。

「それもあるけど、年取ると、熱いもの食べると鼻水が出るのよね。いやだわ」

笙子は笑顔で答えた。母が亡くなってから、無理をせずに自然にこぼれた初めての笑みであり、明るい声だった。


それから、笙子は週に二回はメッシタに通うようになった。友人を誘って二、三人で訪れる回数も増えた。その年の最後には六人で予約して出かけ、全メニューを制覇したことさえあった。

そして、いつしか笙子は立ち直っていた。

メッシタの料理は純粋なイタリア料理で、母の作ってくれた料理と同じものは一つもない。それでも、食べていると母を想《おも》い出した。母の心が偲《しの》ばれてきた。

母は私の人生を否定してはいなかった……いつしかそう確信していた。

忙しい病院勤務の合間を縫って、あんなに美味しい料理を作ってくれた母が、娘に失望していたはずがない。幻滅し、挫折《ざせつ》感を味わっていたはずがない。自分とは違う生き方を選んだ娘を受け容れ、それなりに認めてくれたに違いない。出来損ないの不肖の娘なんて、絶対に思っていなかった。

だって、誕生日にはビーフシチューを作ってくれた。雛祭にはちらし寿司《ずし》とハマグリの潮汁を作ってくれた。冬はカブラ蒸しを作ってくれた。笙子にせがまれてオーブンを買ってからは、季節のいろんなグラタンを作ってくれた。おせち料理も毎年作ってくれた。味噌汁が美味しかった。ご飯も漬け物も、いつも美味しかった。だから……。

母は私を愛してくれた。失敗しても、落ちこぼれても、恥さらしでも、それでも私を愛してくれたのだ。

心からそう思えるようになって、笙子は後悔するのをやめた。後悔の念に苛《さいな》まれ、ひたすらに消耗して行く娘の姿を見て、母が喜ぶはずがない。希望を持って元気に生きる姿こそ、母の望んでいたものに違いない。そして、それこそが母の愛に報いる最良の道でもある。ならばそのように生きて行こうと、笙子は心に誓ったのだった。


メッシタ閉店までのカウントダウンが十日に迫った日の夕方、笙子は友人二人を連れてメッシタを訪れた。

「いらっしゃい！」

五時半だというのに、笙子たちが入ると空席は二つしか無くなった。この分だと今日はラストまでに三回転くらいするかも知れない。

「スパークリング、ボトルで」

厨房前のカウンター席に陣取り、早速飲み物の注文をした。何気なく周囲を見ると、大きな窓に面したカウンターの下に、レトロなダイヤル式黒電話が置いてある。

「電話、どうしたの？　新しいオブジェ？」

「先週、外しちゃった。もう、予約全部終了してるし、掛かってきたらうるさいから」

笙子は友人と顔を見合わせ、笑い出した。

「でも、まあ、その通りよね。料理中に電話取るの、大変だもん」

今年に入ってからは閉店のニュースが知れ渡り、常連客が詰めかけて、笙子でさえ週に一度の予約が取れなくなっていた。

「何にしようか？」

「あ、メヒカリのフリットだって。珍しいわね。これ、行こう」

「白アスパラ、ラディッキオのサラダ、米ナスのカポナータ、鯵《あじ》のカルパッチョ、トリッパ、マグロのステーキ……」

今まで食べたことがない料理が一つでも無いか、それこそ目を皿のようにしてチェックする。メッシタで食事をするのはこれが最後になるので、笙子も友人たちも真剣に、そして貪欲《どんよく》にメニューを選んだ。そして、注文はほとんど上から下まで全部に近くなった。

「お肉は？」

「絶対にウサギ」

「鶏も頼もうか？」

「鶏はウサギと似てるから、赤牛にしようよ。今生の思い出に、ガツンと」

メッシタの牛は脂肪分の少ない熊本産の赤牛で、一人前優に二百グラムはある。丁寧に塩を振り、じっくりとローストした肉は、噛み応《ごた》えがあって滋味に溢《あふ》れ、箸《はし》で切れるような霜降り肉とは対極の味わいだ。

「あら、ヤリイカの詰め物がある。これも頼まなくちゃ！」

友人が目ざとく見逃したメニューを拾った。

「パスタはどうする？」

「いっぱい頼んじゃったから、カルボナーラじゃ重い……」

「満希さん、このコッラトゥーラって何？」

「魚醬《ぎょしょう》です、ナポリのチェタラの」

「ねえ、これにしない？」

友人二人も同意して、最後の注文が決まった。

スパークリングワインで乾杯し、最初の白アスパラガスの皿が出る頃、店は満席になっていた。

メッシタの白アスパラガスは一月末から二月はフランスのロワール産、三月になると北イタリアの名産地バッサーノ・デル・グラッパ産に切り替わる。グリーンアスパラより柔らかめに茹でて、熱々のところに塩とオリーブ油と粉チーズを掛けて出される。

「ビネガーや溶かしバターを掛けても美味しいですよ。茹で卵や目玉焼きも合います。私は茹で卵を先に頬張って、オイルとチーズを掛けたアスパラを食べるのが好き。卵とオリーブオイルとビネガーって、相性良いんですよ」

以前白アスパラガスを注文したとき、満希はイタリアでの食べ方を教えてくれた。野菜と言っても肉や魚の付け合わせではなく、立派な主菜で、一人十本や十五本は軽く食べるのだという。

ラディッキオに続いてフリットと米ナスのカポナータが登場した。揚げた米ナスをトマトソースでさっと煮たカポナータは、人肌に冷めた頃合いで提供される。それが一番美味しい温度なのだ。高温でキチンと「揚げ切った」米ナスは、少しも油っぽくない。いくらでも食べられそうだ。

「トリッパです」

メッシタのメニューの大半は日替わりで、その日の仕入れによって変る。その中でも不動の定番がブッラータとトリッパだ。

この店のトリッパを食べると、「牛の胃袋のトマト煮込み」という概念を覆される。満希は「赤のトリッパ」と呼んでいるトマトソース煮を作ることもあるが、店の定番は「白のトリッパ」である。丁寧に二回下茹でしてから野菜と一緒に白ワインと鶏のブロードで煮込んだトリッパは、仕上げに胡椒を振る以外、調味料は塩のみ。脂の乗ったトリッパは、口に含むとトロリと柔らかく、ねっとりと絡みつくような食感で、鶏のブロードの旨味が詰まっている。一度食べたら病みつきになる美味しさだ。

笙子たち三人はものも言わずにトリッパを平らげた。

「ヤリイカの詰め物です」
十二、三センチほどの真っ白いヤリイカが二個、ごろんと皿の上に転がり、パセリで作った緑色のソースが掛かっている。ナイフを入れると、赤と緑の色鮮やかな野菜のモザイクが現れた。
「イタリア版のイカめしって感じね」

「国は何処でもイカめしは美味いわ」

一本目のワインの瓶は空になった。

「次、どうする?」

「今日は最後まで、泡で行こう」

「満希さん、スパークリング、お代わり下さい」

鯵のカルパッチョにマグロのステーキと、次々料理が出来上がり、ワインもどんどん進んで行く。こうなりゃ三本目のボトルへ突入だと、すでに腹は決まっている。

「コッラトゥーラのパスタです」

現れたパスタは具材がまったく見当たらない。細かく刻んだニンニクが麺の隙間《すきま》から見えるだけだ。

「ちょっと、ざる蕎麦《そば》みたいね」

オリーブ油とニンニク、そしてイタリア製の魚醤の味付けは、穏やかで品が良かった。魚とミネラルの旨味がコラボレーションしているが、魚醤につきものの強烈な匂《にお》いは微塵《みじん》もない。

「あら、美味しい」

「食べやすいわね」

「シメの茶蕎麦って感じ？」

そして、いよいよメインディッシュが登場した。ウサギのローストと赤牛のロースト。ウサギは肝臓が付いている。適当に切り分けたあと、三人とも骨を手に持って齧《かじ》り付いた。鶏肉に通じる軽い味わいだ。皮はカリッと香ばしく、肉はふっくらと柔らかい。笙子も友人たちも、骨までしゃぶって完食した。

笙子はすっかり満腹して、大きく息を吐いた。

「お勘定して下さい」

「はい、ありがとうございます」

満希が洗い物の手を止め、レジの前に立って伝票の計算を始めた。

ワインを三本も開けてしまったので、案の定、過去最高の割り勘代になった。それでも、銀座辺りでこれだけ飲み食いしたら、軽く二倍は取られるだろう。

「ありがとうございました！」

満希はドアの前に立って頭を下げ、笙子たちを見送った。笑顔だった。閉店は終りではなく新しい始まりなのだから、悲しむ理由なんかあるはずもない。

「でも、やっぱり寂しいよね」

「こんな店、無いもんね」

「ホントね」

笙子はメッシタを振り返った。

一切飾り気のない、しかし本物のイタリア料理を作る、やはり飾り気のない、本物の料理人。

「料理も、作り手も、どっちもすっぴんだもんね」

「言えてる」

三人は頷き合い、バス停に向った。

さようなら、メッシタ。

笙子は心の中で満希とメッシタに別れの挨拶を送った。

第二章　初めてのアルデンテ

蘇芳満希《すおうまき》は一九七七年、和食の料理人の父と音楽好きの母との間生まれた。一人っ子で兄弟姉妹はいない。

料理人を志したのは父親の影響かとよく尋ねられるが、父は料理店に勤務する勤め人で、生活は普通のサラリーマンとそれほど変らなかった。家で料理する姿を見たこともない。

だから「成り行き」と答える。みんな冗談だと思って笑うが、別に冗談を言ったつもりはない。本当に、ちょっとした偶然の成り行きで、料理の世界に入ってしまったのだ。

「それじゃ、子供の頃は何になりたかったの？」

「スチュワーデス」

みんな口を揃《そろ》えて「ウッソー！」と言うが、本当だ。子供の頃の満希は、当時スチュワーデスと呼ばれていたCA志望だった。

ただ、どうしてCAになりたかったのと訊《き》かれると、実は自分でも良く分らない。物心ついた頃から母に「将来はスチュワーデスになるのよ」と言われて育ったので、おそらく母の希望がそっくり刷り込まれてしまったのだろう。

そもそも、母がどうして自分をスチュワーデスにしようと思ったのか、考えると謎《なぞ》だった。もちろん、母がスチュワーデスに憧れたのは分る。長らく女性の花形職業だったし、今も人気は高い。

おそらく、母は娘時代にスチュワーデスに憧《あこが》れていたが、挑戦することが出来なかった。それでいつまでも未練が残って、叶《かな》わぬ夢を娘に託したのだろう。

それにしたって、私をスチュワーデスにしようと思うかなあ。

満希は母の思い込みの強さに呆《あき》れる思いだ。母は身長一六五センチの八頭身美人だった。しかし娘の方はそれより一〇センチ以上背が低い。いくら親の欲目でも、書類審査で落とされるのは目に見えているのに。

ただ、実際に応募書類を航空会社に送ることはなかった。満希が高校三年の時に母が亡くなり、スチュワーデスを目指す動機も失われた。

満希は中学から大学までの私立一貫校に通っていたので、高校を卒業すると自動的に付属の大学に進学した。とはいうものの、大学卒業後の進路など何も考えていなかった。勉強は中学受験ですべてを出し尽くした感じで、もうやる気がなかった。かといって、他にやりたいことがあるわけでもない。どこかの会社に勤めるのかなあ、ＯＬなんてあんまり楽しそうじゃないなあ、などと思いつつ、漫然と大学に通っていた。

しかし、特別なブランド力のない私大の文学部では、キチンと将来の計画を立てて資格取得など地道な努力をしている学生は少数派で、大半は満希と同じく、漠然とした不安とぬるま湯のような平穏に包まれて、娘盛りを過ごしていたのである。

「ブラブラしててもしょうがないから、バイトでもしよう」

そう思ったとき、手頃なバイト先が見つかった。中学の頃から仲の良い同級生の父親がレストラン・チェーンの経営者で、厨房《ちゅうぼう》のアルバイトを募集中だったのである。

「ウェイトレスじゃないけど、良い？」

「全然ＯＫ」

そのチェーン店はウェイトレスの制服が可愛《かわい》いので有名で、女性バイトを募集すると応募者が殺到し、その結果容姿端麗な若い女性が集まった。満希は可愛い制服が着たかったわけではないので、職種にはこだわりはなかった。むしろ時給千二百円という、当時としては破格のバイト料が支払われる厨房の仕事の方が、ずっとありがたかった。

同級生は大俵《おおたわら》かれんという、なかなか勇気を要する名前の持ち主だったが、見た目は可憐《かれん》と言うよりかりんとうに近かった。満希はかれんを見る度に、自分だったらこんな名前を付けた親を恨《うら》むだろうと思ったが、本人は名前と容姿のギャップなど気にする風もなく、いつもおっとりと穏やかで、とても親切で、みんなに好かれていた。付き合いが長くなるにつれ、〝お嬢様〟とはこういう人のことだと、満希は敬服するようになった。かれんもまた、満希の裏表のない正直な性格と、ハッキリ自分の意見を言う潔さを賞賛した。つまり、二人はとても気が合った。

そして、かれんも中学生の時に母を亡くしていた。同じ境遇が、二人の距離を更に近づけた。

かれんの父の大俵潤吉《じゅんきち》は、イタリア料理店をチェーン展開して成功した立志伝中の人だった。

かれんは潤吉が五十歳を過ぎてから生まれた一人娘で、おまけに亡妻の忘れ形見でもあるから、一方《ひとかた》ならぬ愛情を注いでいたが、だからといって甘やかしてスポイルするようなことはなかった。娘が父の店でバイトしたいと望んだとき、迷うことなく厨房に放《ほう》り込んだのはその現れだろう。

「でも、厨房って大変でね。火傷《やけど》したり指切ったり。もう、やんなっちゃった。だから、パパの店じゃないバイト探すことにしたの」

「じゃ、厨房の欠員って、オータ？」

「うん」

二人は互いを〝スオー〟〝オータ〟と呼び合っていた。

「だから大変よ。新しいバイト見付けなきゃ。でも家庭教師なんか出来ないし、セールスもいやだし、肉体労働はきついし……」

「肉体労働って？」

「新聞配達とか工事現場とか」

「いっそ、お父さんの個人秘書にしてもらえば？」

かれんは顔をしかめて首を振った。

「パパ、公私混同は絶対ダメだって。そのくせ、頼めばすごい小遣いくれたりするのよ。これってておかしくない？」

満希は笑い出した。

「じゃあバイトなんかしないで、お小遣いねだった方が良いじゃん」

「そうしようかなあ」

満希はかれんが離脱してくれたお陰で良いバイトに巡り会えたことに感謝していた。そして、後になればこの経験が満希の一生を左右することになるのだった。

一九九六年当時、イタリア料理店はすでに日本に定着していた。高級料理店から宅配ピザのチェーン店、スパゲッティ専門店に至るまで、様々なカテゴリーの店が営業しており、バブル期の「イタメシブーム」を経て、その数はフランス料理店を凌駕《りようが》した。

大俵潤吉が一九七〇年に創業した「ロマーノ」は、カジュアル・イタリアンの嚆矢《こうし》とされる店だった。それまで高級感のあったイタリア料理店を「町の中華料理店の値段で楽しめる」店へと転換し、若者を中心に大人気を博した。次々に支店を増やし、チェーン展開したところ、折からの「イタメシブーム」が追い風となって、飲食業界に揺るぎない地位を確立したのだった。

満希はかれんの紹介で渋谷にあるロマーノ本店で面接を受け、すんなり合格した。ウィークデーは夕方五時から十時まで週三回、日曜と祝日は朝九時から午後二時までの勤務を希望し、ゴールデンウィークの初日から働くことになった。

ロマーノはキャンパスの近くにも店を出していたから、満希も友人と何度も店を訪れたことがある。しかし、働くのは初めてだ。

更衣室でクリーニングしたての白衣を身につけ、キャップを被《かぶ》ると、身体《からだ》全体がキュッと締まるような気がした。

「蘇芳満希です！　よろしくお願いします！」

その日、厨房に足を踏み入れた瞬間から、満希とイタリア料理は運命の糸でがんじがらめに縛られてしまったと言って良い。

ロマーノ本店では厨房に十数人、フロアに三十人近くの従業員が在籍していた。店の大きさは五十坪で、飲食店としてはそれほど大型ではないが、年中無休で営業時間が十一時から夜の十一時までと長いので、早番と遅番の交代要員のほか、フロアには忙しい昼食時と夕飯時に二時間だけ応援に来るバイトもいて、総計五十人前後の従業員が必要だった。つまり、それだけ流行《はや》っている店なのだ。

満希以外の従業員は、厨房に入ると各々持ち場に着き、物慣れた動きで開店の準備を始めた。

満希には浜田《はまだ》という先輩が指導役に付いてくれた。

ロマーノのような店では、作り手が誰であろうが、何処《どこ》の店舗で食べようが、同じメニューは常に同じ味で提供することが要求される。だから厨房の新人教育も徹底的にシステム化されていて、まったく調理経験のない新人でも、半年もすれば店のメニューすべてを「ロマーノの味」で作れるようになるのだった。

「じゃあ、まず手を洗って。肘《ひじ》までキチンと石鹸《せっけん》を付けて。指の間もちゃんと洗う。爪《つめ》はブラシ使ってね」

浜田は満希より五歳年上の青年で、バイトで入って正社員になった人だった。それは真面目《まじめ》でやる気があって仕事が出来るからなのだが、満希には親切で面倒見の良い先輩だった。声を荒らげられたり意地悪をされたことは一度もない。厨房の仕事が好きになったのも、一つには浜田の人柄のお陰もあったと、後になって満希は思った。

満希は父から料理の話を聞いたことはなかったが、新人の仕事の第一は「追い回し（仕込みや盛り付けなどの雑用全般）」と、洗い物だとは何となく知っていた。

ところがロマーノの厨房には専属の洗い場担当が二人いて、調理担当者が食器を洗うことはなかった。二人はパートのおばさんで、ゴム前掛けに長靴、肘より長いゴム手袋をはめ、いつも湯気の立つ流し台の前に立って一定の速度で食器を洗う姿は、この道何十年のベテランの風格が漂っていた。

「まず、サラダ用の野菜の下ごしらえからやってみよう」

浜田の指導の下、レタス・キュウリ・トマト・タマネギ・セロリ・パセリを洗い、水気を切る。

レタスとパセリは手でちぎり、トマトは櫛形《くしがた》、キュウリは斜めに、タマネギは薄くスライス、セロリは……と、次々サラダ用にカットして行く。

開店時間が来ると、どっとお客が入ってきた。フロアから厨房へ、どんどん注文が入る。

サラダを盛り付ける、パスタを茹《ゆ》でる、ピザを成形して釜《かま》に入れる、ソースを作る、コロッケを揚げる……厨房では一斉に作業が始まった。そして次から次へ料理が出来上がり、フロアへ運ばれて行く。

厨房の誰もが、一つの作業を終えると、すぐに次の作業に取りかかる。迷ったりモタモタして作業を滞らす人間はいない。

チラリとその様子を眺め、満希は圧倒される思いだった。

「次はパスタ用にタマネギ、ニンニク、マッシュルームを切って」

言われた仕事を続けているうちに、ランチタイムの終りが近づいた。

「蘇芳さん、二時までだよね。もう良いから、上がって」

満希は浜田に促され、包丁を置いた。

「お疲れ様でした！　本日はありがとうございました。明日もよろしくお願いします！」

帽子を取ってぺこりと頭を下げると、浜田はニッコリ笑った。

「お疲れ。ゆっくり休んでね。明日もよろしく」

「はい。お疲れ様でした！」

挨拶だけは元気にしたものの、満希はヘトヘトになっていた。野菜の下ごしらえの他、命じられて細かい仕事をしただけなのに、背中と肩が強張《こわば》っていた。初めてのアルバイトで緊張していたせいだろう。

しかし、白衣から私服に着替えながら、満希はムラムラと闘志が湧《わ》くのを感じていた。

私も調理台の前に立って、存分に腕を振るいたい！

初歩的な仕事をしながら、チラチラ横目で盗み見た調理担当者たちの後ろ姿は、とても頼もしかった。特にフライパンを煽《あお》る姿が格好良かった。自分もあんな風に格好良くなりたいと、素直に思えた。わけも分らずスチュワーデスを目指していたときより、もっと確実な目標が見つかった気がした。

同時に、飲食業初体験ながら、満希は直感した。

働くなら、流行ってる店に限る。

流行っている店は忙しい。つまりは仕事の量が多いから、覚える時間が短縮される。そして流行っている店ならば、きっと雰囲気も明るいだろう。客の入らない店で働くのは気が滅入《めい》るに違いない。

満希はロマーノの厨房で、まさに「水を得た魚のよう」に生き生きと働いた。

浜田が教えてくれたことはすぐに覚えた。教えてくれないことにも興味津々で、あれこれ質問した。浜田はいつも丁寧に答えてくれたので、満希はしっかり覚え込んだ。勉強で言うなら予習と復習を完璧《かんぺき》にやっているようなもので、上達も早い。

満希は異例のスピードで調理を担当するようになった。

ロマーノのメニューはパスタとピザが中心で、その他に各種サラダやマリネ・カプレーゼなどの前菜類、ミネストローネとコーンスープ、ミラノ風カツレツ・フィレンツェ風ビフテキ・メカジキのグリル・鶏《とり》の香草焼き・ライスコロッケなどの主菜類、デザート類、ソフトドリンクとアルコール類が用意されていた。特に「南イタリアのトマト」が売りで、トマトソースを使ったメニューが豊富だった。そしてラザニア・ドリアは当然として、何故《なぜ》かブイヤベースもメニューに載っていた。

満希はピザもパスタも揚げ物も焼き物も、何でも一通り作れるようになった。

そうすると、段々物足りなさを感じるようになってきた。

ロマーノでは、ピザ生地はすでに出来上がったタネが本部から配達されてくる。それを各店舗でピザ形に成形し、トッピングを施して焼くのだった。タネから作っていたら出来上がりにばらつきが出るし、注文に間に合わない恐れがあるからだろう。味の基本になるソース類も同じく、本部で調理したものを使用する。トマトソース、ホワイトソース、そしてスープ類を作るブイヨン。各店舗は料理によってソースを使い分けながら、調味料と香辛料を加味して味を仕上げる。それも、かなり厳密に使用量が決められている。だからこそ、日本全国何処で食べても同じ味が保証されるのだ。

でも、それってつまんないんじゃないかなあ。

人気メニューのペスカトーレ（漁師風スパゲッティ）を作りながら、満希は胸の裡《うち》で呟《つぶや》いた。

ペスカトーレだってレシピが厳密に決まってなかったら、私はもっとニンニクを効かせて、仕上げのバジリコもドバッと入れるんだけどなあ。

ロマーノの料理が決して嫌いなわけではない。それなりに美味《おい》しいし、どのメニューも財布を気にせず食べられる値段だし、どの店でも味が変らないのは偉大なことだ。だから毎日サラリーマンやＯＬや学生たちがこんなに詰めかける。

でもなあ……。

何となく、自分の目指すものとは違うような気がした。とはいうものの、自分が何を目指しているのか、まだぼんやりしていて見えてこない。

私はどんなものを目指しているのだろう？

「スオー、パパが夕飯ご馳走《ちそう》してくれるって。いつが良い？」

夏休みが終わってすぐ、教室で顔を合わせるなり、かれんが尋ねた。プーケット島に行ってきたとかで、小麦色の肌が日焼けして一層濃くなっていた。

「火・木・土ならいつでも良いよ」

「じゃ、土曜日にしよう」

満希は高校生の頃から同級生何人かと一緒に、かれんの父に招待されてたいそう高い店でご馳走になった。父親の意図は、娘の友達に親切にして、尚且《なおか》つ友人として相応《ふさわ》しいか見極めようというのだろう。

今回もその一環だろうと思って気軽に指定された店に行ったら、席にいるのは大俵親子だけで、同級生はいなかった。

そこは満希でも名前を知っている有名なフレンチレストランで、特に値段が高いので有名だった。思わず緊張して周囲を見回すと、奥のテーブルに人気女優と大物映画監督のカップルが座っていて、ますます緊張した。

「何でも好きなものを注文しなさい」

大俵潤吉は革の表紙のメニューを開いて鷹揚《おうよう》に言った。

「コースはつまんないから、アラカルトで色々取ろうよ」

かれんは慣れた様子でメニューから料理をチョイスした。父親に連れられて日頃から高級な店に出入りしているので、どんな店に行っても自分の家の茶の間にいるようにリラックスしている。

満希は高級フレンチレストランなどほとんど縁がないので、いつもかれんに任せっきりだった。

「蘇芳さんはとても筋が良いんだってね。杉山《すぎやま》君が褒めてたよ」

食前酒のティオペペのグラスを持ち上げて、潤吉が微笑んだ。

杉山は本店の料理長で、ロマーノ創業時からのスタッフの一人だった。潤吉からの信頼は篤い。

「卒業したらどうするか、何か予定はある？」

他愛も無い話をしながら食事が進み、デザートが運ばれてきたタイミングで潤吉が尋ねた。

満希は戸惑ってかれんの顔を見た。かれんも同じく戸惑ったような顔で満希を見返した。二人ともまだ二十歳にもなっていないので、将来はあまりにも漠然としていた。

「まだ先の話だけど、うちの店で働くことを考えてくれないかな？」

「え？」

「いや、蘇芳さんなら女性初の料理長になれるって、杉山君が太鼓判を押すんでね。私も日頃から、料理の世界でもっと女性に活躍して欲しいと思っていたものだから」

「はあ」

潤吉はコーヒーをブラックで一口のみ、カップを置いた。

「まあ、決して無理にとは言わないよ。ただ、候補の一つとして、料理の道も入れといて欲しいんだ」

満希はもう一度かれんと目を見合わせた。かれんが戸惑いながら口を開いた。

「……そうなんだ。スオー、料理の才能あったんだね。知らなかった」

「私だって」

満希も半信半疑だった。厨房の仕事は好きだし、上達も早かったし、いささか得意ではあったが、あくまでバイトの立場での話だった。自分がプロとして通用するとは、夢にも思っていない。本格的に調理の勉強をしたことは全くないのだから。

「あのう……」

思い切って、日頃から疑問に思っていたことを訊いてみた。

「うちで出してる料理って、イタリアの人が普通に食べてるんですか？」

カップを口に運ぼうとしていた潤吉の手が途中で止まった。小さくて細い目が、幾分大きくなった。

「……そうだねえ」

潤吉はカップをソーサーに戻し、少しの間目を伏せていた。何か考えている風だった。

「そうだ。いい人を紹介するよ」

目を上げると、ニッコリ笑顔になった。

「今疑問に思ってることがあったら、その人に訊くと良い。何でもキチンと答えてくれるよ」

柳瀬薫《やなせかおる》は真っ白い髪をショートカットにして、淡い色のパンツスーツを着ていた。背が高くて姿勢が良い。歩く姿が滑るように優雅なのは、きっとバレエか社交ダンスをやっていたのだろう。髪は白いが顔には目立つシワがなく、薄化粧と大きめのイヤリングがとてもよく似合っていた。

「蘇芳満希さんね。大俵さんから伺ってます。どうぞ、お掛けになって」

薫は満希を応接室に迎え入れ、ソファを勧めた。

そこは白金にある七階建てのマンションだった。広い敷地の中に建っていて、迎賓館のような門と塀があり、玄関まで続く石畳の両側が花壇になっていた。

薫は最上階の一戸建て……ペントハウスに住んでいた。応接室の家具調度は「ベルサイユのばら」みたいで、天井からクリスタルのシャンデリアが下がり、テーブルは白い大理石と金、椅子《いす》は絹張りで、どちらも脚が優雅にカーブした猫足仕様だった。

満希はその部屋の優雅な美しさに圧倒されてしまい、こんなすごい家に住める人は何をして生計を立てているのか、疑問に思う余裕さえなくしていた。

「何かお訊きになりたいんですって？」

薫は鶴《つる》の首のように注ぎ口が長く伸びたティー・ポットから紅茶を注《つ》いだ。ポットもカップも金の縁取りがあり、花の絵が描かれ、曲線的で装飾たっぷりのデザインだった。飲もうとしたらカップの取っ手の穴が半分が埋まっているので、指が入らない。満希が焦って薫の方を見ると、取っ手をつまんでカップを持っているので、あわててそれに倣《なら》った。

「あのう、本場のイタリア料理って、どんな感じなのかと」

薫はほんの少し唇の両端を上げた。

「正確に言うとね、『イタリア料理』というのはないの」

「えっ？　そうなんですか？」

「イタリアは地方地方で料理が結構違うのね。使う食材から調味料から。だからトスカーナ料理とかシチリア料理とか、それぞれの地方料理の集合体が『イタリア料理』ってことになるんだけど、ひとまとめにするのはちょっと無理があると思うわけ」

「はあ」

「大俵さんは、あなたのことをとても買ってらっしゃるわ。いずれはロマーノを背負って立つ料理人になるかも知れないって。ロマーノの料理は嫌い？」

「いいえ、好きです！　ただ……」

満希は頭の中で漠然と考えていたことを整理して、言葉に出来るように組み立てた。

「私、本物のイタリア料理を知らないんです。だから、ロマーノの料理がどのくらいのレベルなのか判断できなくて。イタリア人が毎日どんな物を食べているのか、全然知らないんで」

「なるほどねえ」

「それに、厨房で働くの、ロマーノが初めてなんです。ちゃんとした料理の勉強したことがなくて。だから、自分のレベルがどのくらいなのか分らないし、それも不安なんです」

薫は頷《うなず》いて、満希の目を覗《のぞ》き込むようにした。

「イタリアへ行って、本場のお料理を勉強したい？」

「はい」

「それじゃ、行ってらっしゃい」

「はあ？」

薫は当然のように言った。

「あなたの言う通り。やっぱり本物を食べなくちゃ、話にならないわ。すべてはそれからよね」

薫は席を立って部屋から出て行った。

満希が狐《きつね》につままれたような気持ちでぽつんと待っていると、二、三分してから書類封筒を手に、薫が戻ってきた。

「イタリアに、外国人のための料理学校があるの」

薫は書類封筒からパンフレットを出し、満希の前に置いた。

「ＩＣＩＦ？」

「イチフって呼ばれてるの。外国人にイタリア料理を教える学校。イタリアのピエモンテという地方にあるのよ。え～と、場所で言うと、長靴の付け根の左端」

満希は咄嗟《とっさ》にイタリアの国の形を思い浮かべた。しかし、長靴の先はともかく付け根の方がどうなっているのか、まるで分らない。そもそもローマとかナポリとかベニスとか、都市名はいくつか知っていたが、それが地図のどの辺にあるのかは皆目見当が付かなかった……平均的な日本人がそうであるように。

「一九九一年に創立されて、ピエモンテ州政府から認定を受けた専門学校よ。期間は半年。まず学校でイタリア料理の基礎を学んでから、ＩＣＩＦと契約しているレストランに派遣されて、実際に働きながら研鑽《けんさん》を積んで行くシステムが確立しているの。本気でイタリア料理の勉強をしたいなら、ＩＣＩＦへ行くのが一番早道じゃないかしら」

満希は話の内容を呑《の》み込むのに精一杯だった。

「あのう、でも、どうやったら……？」

「やる気があるなら、手続きして上げるわ」

「えっ？」

思わず目をぱちくりさせてしまった。

「あの、でも、準備とか、大変じゃないですか？　お金とか」

「費用のことは心配しなくても大丈夫」

薫は当然のように言ってニッコリ笑った。

「その代わり、これは一生の問題だから、後々後悔しないようによく考えて決めて欲しいの。例えば学校は休学するのか、退学するのか」

「辞めます！」

咄嗟に答えが口を突いて出た。

「まあ、急だこと」

薫は声を立てて笑った。

「今、ここで決めなくても良いのよ。お家《うち》へ帰ってご両親と相談なさってからでも大丈夫だから」

満希は首を振った。一時の衝動に駆られたわけではない。大学に進学しても、勉強にはまったくやる気が出なかったのに、ロマーノに入ってからは料理の仕事が楽しくて仕方なくなっていた。どう考えても、自分に向いているのは勉強ではなく料理だと、ずっと前から答えは出ていたのだ。

「私、料理の世界で生きます。もう、決めてるんです」

薫は満希の目を覗き込むように眺めてから、大きく頷いた。

「そう。それは良かったわ。頑張ってね」

柳瀬薫は戦前にイタリア大使を務めた外交官の娘で、長年に渡って日伊文化交流に力を尽くしてきた功労者だった。

戦後間もなく、闇屋《やみや》から身を起こして巨万の富を築いた親子ほど年の違う政商と結婚した。十五年後、政商は脳卒中で急死し、薫は三十七歳で未亡人になると同時に大富豪になったが、その後は再婚せずに独身を通した。

大阪で万国博覧会が開催された一九七〇年、ヨーロッパの家具と雑貨の輸入業をしていた大俵潤吉が、イタリア料理を安価な値段で提供する店を思い付いたとき、得意客でイタリアの文化事情に詳しい薫に相談を持ちかけた。的確なアドバイスのお陰もあり、ロマーノは大成功を収めた。以来、潤吉は薫をロマーノの名誉顧問として遇していた。

満希のイタリア留学の準備はトントン拍子に進んだ。

料理の勉強のためにイタリアの専門学校に留学したい、だから大学を中退したいと正直に打ち明けると、父はあっけないほど簡単に満希の決断を受け容れた。

「大事な一人娘を外国へなんぞやれるか！」

「入ったばかりの大学を辞めるとは何事だ！」

などど一蹴《いっしゅう》されるのではと危惧《きぐ》していたら、まったく逆の展開で、満希の方が面食らってしまった。

「お父さん、本当に良いの？」

「仕方ないだろう。満希がそう決めたんだから」

父は幾分肩を落として、諦《あきら》めたように言った。

「人間、明日はどうなるか分らないからな。やりたいことがあったら、本気でやらないと悔いが残るだろう」

父が、突然亡くなった母のことを想《おも》い出してそう言っているのが分って、満希は胸を突かれた。

「お父さん、ごめんね。その代わり、私、絶対に頑張るから」

父は、寂しそうな顔に微笑を浮かべた。

「頑張れよ。ただ、身体に気をつけろよ。具合悪くなったら、すぐ帰ってこい。病気したらいくら頑張ったって、良い結果は出せないからな」

「うん」

涙ぐみそうになって、満希はあわてて洟《はな》をすすった。

第三章 クチーナ・イタリアーナ

「ウッソー！」

満希《まき》は思わず叫んでいた。

「やだ、お城じゃん。どうすんの？」

緑の丘にそびえ立つ壮大な城を見上げると、旅の疲れも吹っ飛んだ。城の名前はコスティリオーレ城。そこがＩＣＩＦの本部だった。

成田空港からミラノのマルペンサ空港まではアリタリア航空の直行便で、ミラノからトリノまでは高速鉄道ユーロスターで、トリノから村まではタクシーではるばるやってきた。

グループで研修を受ける場合はマルペンサ空港、またはトリノのカゼッレ空港から城まで送迎サービスがあるのだが、満希は個人参加なので交通費は自己負担になる。

城の南側には正面入り口に続く左右対称の石段があった。満希は両手にトランクを提《さ》げ、石段を登っていった。

外観は中世だが、城の中は明るく清潔で近代的だった。電気が引かれているので電灯もエアコンも完備している。

　事務室に行き、係の女性に証明書類を呈示して、イタリア語で「ボンジョルノ！　マスターコースを受講する蘇芳《すおう》満希です」と挨拶《あいさつ》した。女性はニッコリ笑って「遠いところをようこそ！　頑張って研修に励んでね」と言った（多分）。

　満希はＩＣＩＦ研修に備えて都内の語学学校で半年間イタリア語の勉強をした。まだ片言に近いが、それでもちゃんと言葉が通じて、相手の言うことも聞き取れたので、心の中でガッツポーズを決めた。

　事務所の女性は、壁に幾つも下がっている鍵《かぎ》の一つを取ってブースから出ると、ついてくるように身振りで示し、先に立って歩き始めた。「カッシーナ・サレリオに案内するわ」と聞き取れたので、宿泊施設に行くのだろう。

　学生用の宿泊施設は城の外にある、古い農家を改造したアパートだった。およそ五十～六十平米の二階建ての家屋が十四軒建っていて、一階に食堂・浴室・トイレ・洗濯室、二階に寝室が二部屋ある。一部屋にはベッド二台が置いてあるが、基本的には一人一部屋が与えられる。

「スゴい！　ひろ～い！」

　部屋に一歩入るや、満希はまたしても叫んでしまった。二十畳近くある。無論、満希の東京の部屋よりずっと広い。おまけに窓が大きく明るくてインテリアもお洒落《しゃれ》だった。

「さすがイタリアだわあ。これが学生寮なんて、信じられない」

しかも学生寮には掃除のサービスがついていた。

マスターコースの受講料一万ユーロ（約百十七万円）……この当時はまだリラだった……は決して安くはない。だが、半年間の必要経費（受講料・宿泊費・制服代・月曜から金曜までの食事代）すべてが含まれることを考えれば、かなり良心的な値段だろう。

これからいよいよ一流講師の下で徹底的なプロ教育を受けることになる。降って湧《わ》いたようなチャンスと、それが飛び込んできた幸運は、イタリアの地を踏んでやっと実感を伴ってきた。

満希はクリーム色を基調にした部屋の窓から緑豊かな、しかし日本とは違う風景を見渡し、武者震いしそうになった。

一九九七年、三月十五日の午後だった。


満希と同じ寄宿舎に住むことになったのは、翌日オーストラリアから来たルーシー・ベニーニという、現地の料理学校を卒業した女性だった。父親はメルボルンのイタリアンレストランのオーナーシェフで、帰国したら父の店で働くというから、いずれ跡を継ぐのだろう。ベニーニという名前が示すように、祖父の代にイタリアから移民した家系だった。

中学生の時東京に住む女の子と文通していて、誕生日に折紙で作ったおひな様をプレゼントされたとかで、日本人の満希に無条件で好意を持ってくれた。「ヨーコは〝ＬＵＮＡ　ＳＥＡ〟のファンで、ＣＤも贈ってくれたわ。だから私も河村隆一のファンなの」と、満希も知らないコアな情報にも通じていた。

ルーシーは満希より二歳年下だったが、身長一七五センチ強、体重七〇キロと体格が良く、二十歳以下にはとても見えない。最初は小柄な満希のことを中学生だと思っていたらしい。栗色《くりいろ》の髪に茶色い目、少し上を向いた鼻、両頬《りょうほお》に薄いそばかすが散っている。特別美人ではないが笑顔に愛嬌《あいきょう》があり、いかにも人が好《よ》さそうに見えた。実際に正直で裏表がなく、優しい性格だった。

ルーシーと同室になったことで、満希のＩＣＩＦでの研修生活はより一層快適になった。


マスターコースのカリキュラムは二つのステップに分れていて、まず最初の九週間は本部でイタリア語の講義と料理の基礎を学び、社会見学を重ねて実社会で働けるように準備を整える。

第一のステップを終了すると、ＩＣＩＦがセレクトして契約を結んだレストランに派遣され、十五週間に渡って実際に働きながら料理を学んでゆく。

ＩＣＩＦには料理のみならず、ソムリエ、パティシエ、ショコラティエ、レストラン経営者養成のコースもあるので、調理実習室はもちろん、テイスティング用の部屋、ワイン・チーズ・チョコレート・調味料の展示室、高級レストランを模した広間まで設置され、充実した研修が行われていた。

満希が受講した期は十八人の研修生がいた。男性十人、女性が八人。皆イタリア料理のプロを目指していた。年齢は十八歳から三十代後半まで、国籍も南北アメリカ・ヨーロッパ・アジア・

アフリカと幅広かったが、東洋人は満希以外にシンガポールと韓国の男性二人だけ。最初は日本人が誰もいないのが少し寂しかったが、お陰で日本人同士固まることもなく、同期生やＩＣＩＦの講師、職員たちと満遍なくコミュニケーションが取れたので、後になるとむしろ良かったと思えた。

本部の講義は朝九時から始まり、一時間の昼食時間を挟んで午後五時までみっちり七時間続く。

まずはイタリア語の授業が一時間。

次は一般常識と専門用語についての講義がある。

それから伝統料理・郷土料理・現代料理・アレルギーのある人向けの料理などについて基礎知識を学ぶ。

食材やワインについての講義もある。調味料・ハーブ・スパイス・チーズ・豚肉加工食品・パスタ類・魚介類・野菜・キノコなど、イタリアは食材が豊富なだけに、学ぶべきことは多い。

更に、真空調理・低温調理・燻製《くんせい》など、新しい調理法についても学ばなくてはならない。

講義で何度も強調されたのが、「イタリアには〝イタリア料理（クチーナ・イタリアーナ）〟という料理はない」ということだった。

何しろ北から南まで国土が細長く、沿岸部、内陸部、シチリア島・サルディニア島など島嶼《とうしょ》部もある。それぞれ気候風土産物も違う中で、土地に合った郷土料理が発達した。しかもイタリアが近代統一国家となったのは一八七〇年で、明治維新と大差ない。幾つもの王国や公国に分れていた時期には、フランスやオーストリアの支配下に置かれたこともある。そんなわけで統一された「イタリア料理」は生まれず、代わりに各地の郷土料理と伝統料理が絶えることなく続いているのだった。

　つまりこのマスターコースの主眼は、イタリア各地の数多い郷土料理・伝統料理をマスターすることにあると言って過言ではなかった。

　調理実習を担当する講師は皆一流の人だった。調理台は研修生一人に一台が用意され、講師の手元はモニターで確認できるようになっていた。

　実習は四〜五人のグループに分かれて行われる。レシピに書かれた材料を研修生自身が準備しなくてはならない。もちろん、材料費は研修費に含まれている。

「午後の実習はピエモンテの伝統料理と基本のパスタです。アンティパスト（前菜）はＩｎｓａ《インサ》ｌａｔａ《ラータ》　ｄｉ《ディ》　Ｃａｒｎｅ《カルネ》　Ｃｒｕｄａ《クルーダ》（生肉のサラダ）、プリモ・ピアット（第一の皿）はＳｐａｇｈｅｔｔｉ《スパゲッティ》　ａｇｌｉｏ《アッリオ》，ｏｌｉｏ《オーリオ》　ｅ《エ》　ｐｅｐｅｒｏｎｃｉｎｏ《ペペロンチーノ》、セコンド・ピアット（主菜）はＶｉｔｅｌｌｏ《ビテッロ》　ｔｏｎｎａｔｏ《トンナート》（仔牛ローストのトンナートソース）。レシピをよく見て、各自食材の準備をして下さい」

　満希はレシピのプリントを見て、必要な食材と調理内容を確認した。

　生肉のサラダに使うのは牛ヒレ肉、味付けはニンニク・塩・胡椒《こしょう》・レモン・オリーブ油。……カルパッチョみたいなもんか。プリモ・ピアットは要するにペペロンチーノだよね。メインは肉焼いてソース掛ける、と。ま、行ける、行ける。

この時満希はまだ知らなかったが、パスタの種類は多く、乾麺《かんめん》のロングパスタで直径一・九ミリ前後の物を「スパゲッティ」と呼び、一・六ミリ前後は「スパゲッティーニ」、一・四ミリ前後は「フェデリーニ」、〇・九ミリ前後が「カッペリーニ」と、厳密に名称が決まっているのだった。

食材を準備すると言っても、村へ買出しに行くわけではない。ICIFの食料貯蔵庫から食材を選んでくるのである。

「ピックアップ、一緒に行こう」

昼食の時、隣に座ったルーシーを誘った。

ルーシーは二つ返事でOKし、プリントを指さして言った。

「オードブルも主菜も、ビーフの料理ね」

「初日だからよ。これからはどんどん、材料も複雑になるわ」

「そうね」

食料貯蔵庫は肉類・魚介類・野菜類、バターやチーズなどの乳製品、オリーブ油・酢・魚醬《ぎょしょう》など、実習に使うあらゆる食材が整然と分類され、それぞれの場所に適温で貯蔵されていた。

まずは肉用の冷蔵室からサラダに使う牛ヒレ肉、メイン料理用の仔牛《こうし》肉を必要な分量だけバットに取り分ける。次に野菜室に行ってチコリ・赤チコリ・レモンの野菜類とニンニク・赤唐辛子のスパイス類、パセリ・ケイパーなどハーブ類を選ぶ。乳製品の冷蔵庫からバターとパルミジャーノチーズ、調味料の棚からオリーブ油とマヨネーズ・ツナ缶とアンチョビの缶詰、ピクルスの瓶詰を取る。

満希はレシピのプリントから目を上げ、周囲を見回した。

「これでOK？」

「あ、卵！」

二人は野菜室の隣の戸棚から卵を追加し、実習室へ向った。

講師はクラウディオ・ボヌッチという、中背で小太りの眼鏡を掛けた中年男性だった。調理台の横のワゴンには今日の実習で使う食材と調味料が積まれていた。

「ではまず、食材をチェックします。私の挙げたものがあるか、確認して」

ボヌッチは次々と実習に使う食材を手に取り、高々と掲げてはよく通る声で名前を言った。幸い、満希とルーシーはすべて揃《そろ》えることが出来ていた。準備漏れのある研修生は、ワゴンから足りない物を取るように指示された。

実習は、ボヌッチが説明しながら調理して見本を見せ、研修生が後に従って作るという、極めてオーソドックスなスタイルだった。

牛ヒレ肉のサラダは、ボウルにニンニクをこすりつけて香りを移し、肉を入れたら塩・胡椒・オリーブ油・レモン汁を加えて和《あ》える。三十分ほど寝かせてから皿に並べ、チコリやレモンを飾って出来上がり。

ボヌッチの手順を真似《まね》して、研修生たちは危なげなく料理を仕上げた。間違えようもないほど簡単なのは、やはり初日だからだろう。

「以前はじっくり寝かせてから提供したのですが、最近はさっと混ぜただけで出すようになりました」

ボヌッチが牛ヒレ肉のサラダを皿に盛り付けて解説を加えた。

ペペロンチーノは基本中の基本で、作り方も満希がロマーノで作っていたものと同じだった。ニンニクと種を取った唐辛子を輪切りにし、フライパンにオリーブ油と一緒に入れて中火に掛ける。ニンニクが色づいたら火から下ろし、パセリのみじん切りとスパゲッティの茹《ゆ》で汁を加え、塩で味を調える。そこに茹でたスパゲッティを入れて再び火に掛け、手早く和《あ》えて出来上がり。味も、ロマーノのペペロンチーノと変らない。作ったのも満希だし、ロマーノでもイタリアから輸入したスパゲッティを使っていた。ただ、ロマーノよりアルデンテだ。

やっぱり本物は違う。

麺を一本つまんで、満希は嬉《うれ》しくなった。

メイン料理のキモはソース作りだ。仔牛肉は塊のまま低温のオーブンに入れるだけで良い。ツナとアンチョビを裏ごししてボウルに入れ、マヨネーズ・レモン汁・ブランデー・肉の焼き汁を加えてよく混ぜる。味を見て塩気が足りなければ加える。焼き上がった肉は薄くカットし、片面にソースを付けて皿に並べ、ケイパーを飾りに乗せ、ピクルス・赤チコリ・レモンを添える。わざわざケイパーの蕾《つぼみ》を指で開いて飾るところは芸が細かい。

「ケイパーはみじん切りにしてソースに混ぜても良いですよ。それと、ウスターソースを少し混ぜることもあります。昔は夏のメイン料理でしたが、今は量を減らして前菜で出すことが多くなりました。今日はマヨネーズを使いましたが、昔は茹で卵の黄身とオリーブ油で作りました。仔牛肉はローストしても茹でてもＯＫです。ロマーニャ地方では豚肉で同じ料理を作りますが、その場合名前はＭａｉａｌｅ《マイアーレ》　ｔｏｎｎａｔｏ《トンナート》になります」

　トンナートソースは初めて食べる味だった。かなり濃厚だがレモンの爽《さわ》やかさが効いてしつこくない。満希は日本で知らなかったイタリアの味に素直に感激した。

「みんなの作った料理も、味見してみない？」

「うん、そうだね」

　満希とルーシーは身振り手振りを交えて同期生たちに話した。みんな賛成して、それぞれ互いの料理を少しずつ食べ合った。

　簡単な料理なのに、作り手が違うと微妙に塩加減や麺の固さが違っていて、同じ味にはならない。

「面白い……」

　日本語で呟《つぶや》くと、満希のペペロンチーノを食べたブラジル人の同期生が「ボーノ」と言って親指を立てて見せた。

「グラッチェ」

満希も親指を立ててニッコリ笑った。


初日の調理実習は、フルコースに例えれば前菜の前に出てくるアミューズのようなものだった。イタリア料理のプロを養成するための本格的な訓練は、翌日から始まった。

郷土料理を学ぶために、前菜とプリモ・ピアット、セコンド・ピアットは同じ地方の料理に統一されていたが、使う食材の種類は多岐に渡り、調理工程もどんどん複雑になっていった。中には半日以上煮込む料理もあり、そういうメニューの時は朝から一日がかりで実習だった。

研修が進むにつれて満希は、イタリア料理を特徴付けるのは、穀物、特に小麦を使った食材の豊富さではないかと思った。

パスタ、ピザ、リゾット、フォカッチャ、ニョッキ、ポレンタ。

パスタは工場製品の乾麺と自家製手作りの生麺があり、それぞれロング・ショート・シートタイプの他に詰め物用もある。ニョッキは今はジャガイモと小麦粉で作るが、元はパスタの一種で小麦粉だけで作った。ポレンタというのはトウモロコシの粉を練って作る蕎麦《そば》掻《が》きのような食べ物で、レストランでは付け合わせで出てくるが、元は主食だった。満希はイタリアへ来るまでその存在すら知らなかった。

そして、各地方の郷土料理が独自の特色を保ちながらも、交流によってよその土地の影響を受けているのも興味深かった。ピエモンテ州の南にあるリグーリア州はイタリアの北に位置していながら、料理は南部風が多い。海に面し、地中海貿易で栄えたジェノヴァがあり、古くからシチリアやサルディニアと交流があったので、次第にその影響が強くなったのだろう。またヴェネチアを州都とするヴェネト州、ローマを州都とするラツィオ州には「ユダヤ風」の料理が多くある。中世のヴェネチアにはユダヤ人居住区があり、ローマには紀元前からユダヤ人が住んでいたので、「ユダヤ風」の食べ物も広まったのだろう。

満希はイタリアの多彩な食材と郷土色豊かな料理にすっかり魅了されてしまった。肉、魚介、野菜、キノコ、ハーブ、スパイス、チーズ、どれも種類が豊富で味と香りが濃い……特に野菜類が。イタリアに来るまで野菜の味と香りがこれほど濃いとは知らなかった。日本で食べる野菜は水で薄めたようなものだ。考えてみれば一年中食べられるナスやキュウリやトマトはハウス栽培で、旬の時期しか市場に出ないそれは露地ものなのだろう。そこに差が出るのだ。

乾いたスポンジが水を吸い取るように、満希も教えられた知識と技術を頭と身体《からだ》で吸収した。

休みの日はルーシーや他の同期生と一緒にトリノやミラノ、時にはヴェネチアにまで足を延ばして外食をした。高級なリストランテでなくても美味《おい》しい店は沢山あった。気軽に入れるのはピッツェリア、パニーノテーカ（サンドイッチ専門店）、リゾッテリア（リゾット専門店）、そしてタヴェルナ（居酒屋）という看板のついた軽食の店。何処《どこ》に入ってもだいたい外れがなかった。そこで自分たちの作った料理を頭の中に思い浮かべ、比較しながら賑《にぎ》やかに食事をした。

楽しい時間はあっという間に過ぎる。

夢見心地で研修生活を送るうちに、第一ステップの九週間は終りに近づいていた。次は街のレストランに派遣され、実際に働きながら学ぶ第二ステップ十五週間の始まりだった。

「皆さん、よく頑張りました。これまでの九週間でイタリア料理の基本的な知識とテクニックは身についたはずです。次は実際にレストランの厨房《ちゆうぼう》に立って、その知識と技術を深めて下さい」

最後の実習の指導に当たったのは初日を担当したボヌッチだった。実習が終わると、各自が派遣されるレストランが発表された。ＩＣＩＦが契約を結んでいるレストランなので、すべて経営基盤がしっかりしていて、多くはミシュランの☆付きだった。

「ルーシー・ベニーニ。君の研修先はフィレンツェの『リストランテ・ブルネレスキ』です。一八七〇年創業以来、地元の名士たちに愛されてきた名店です。伝統的なトスカーナ料理はもとより、新しいレシピも取り入れて常に技術の向上を図っている意欲的な店でもあります。きっと素晴しい経験が出来るはずですよ」

ルーシーは顔を紅潮させて頷《うなず》いた。

「スゴい店に決まって良かったね」

満希はそっと耳打ちした。

「うん。ラッキーだった。マッキーも良い店に決まると良いね」

満希のイニシャルはＭ・Ｓなので、発表の順番は後の方になる。

「マキ・スオー。君はバーリのレストラン『マルティーナ・フランカ』です。肉料理はもちろんですが、新鮮な魚介を使った料理に定評のある店です。プーリア州は美味しいトマトの産地でもあるし、手作りのモッツァレラやブッラータも有名で、美味しい物の宝庫です。大いに見聞を広げて下さい」

プーリア州は長靴の形をしたイタリア半島の踵《かかと》に当たる地域で、アドリア海に面している。平野部では穀類と野菜、海沿いの一帯はブドウとオリーブの栽培が盛んで、テーブルワインの生産量はイタリア全土の六十％、オリーブ油の生産量は五十％を占める。州都のバーリは工業が発達して「南のミラノ」と呼ばれているが、漁獲量の豊かな港町でもある。最南端に近いレッチェ市には古い石造りのゴシック建築が数多く残り「南のフィレンツェ」と謳《うた》われる。高地では羊の飼育も盛んで、ジャガイモの生産量も多い。ボヌッチの言う通り、食材に恵まれた美味しい物の宝庫だった。

「マッキーは日本人だから、魚介料理のレパートリーを増やせるのは良いんじゃない？」

「そうね。やっぱり獲《と》れたての魚が扱えるのは嬉しいわ」

ＩＣＩＦの調理実習は様々な食材を取り揃えてあるが、やはり内陸に位置しているので、肉料理に比べると魚介料理のレパートリーはやや狭い。港町のレストランなら新鮮な魚介類が目白押しだろう。考えるとワクワクした。

「研修、頑張ろうね」

「十月に、また逢《あ》おうね」

満希とルーシーは互いに固く手を握り、再会を約してそれぞれの派遣先へ旅立ったのである。


マルティーナ・フランカはバーリの旧市街と新市街の間にあるニコロ・ピッチンニ通りに面した、テーブル席三十の中規模レストランだった。この席は昼食時と夕食時にはすぐ満席になる。客層は観光客は一部で、大半は地元の常連で占められていた。

ランチタイムが終って休憩に入った時間に、満希は店を訪れた。

「君が？」

応対に出てきたオーナーシェフのマルコ・カリーニは、満希を見て僅《わず》かに眉《まゆ》をひそめた。それまで何人かＩＣＩＦの研修生を受け入れてきたはずだが、あまりに小柄なので「中学生じゃないのか？」と不審に思ったようだ。

「マキ・スオーです。マッキーと呼んで下さい。研修成績は非常に優秀でした。小さいけど、力持ちです。力仕事、何でもやります。任せて下さい」

九週間の勉強で多少なめらかになったイタリア語で自己アピールした。最初が肝腎《かんじん》だ。

カリーニは話は本気にしなかったが、満希がやる気満々であることは伝わったようで、小さく笑って頷いた。

「それは頼もしい。まずは仲間に紹介しよう」

マルティーナ・フランカは厨房に四人、客席係は五人働いていて、全員男だった。年齢は五十代から二十歳くらいまでと幅広い。

「長男のパオロ、次男のニコラ、三男のルカだ」

パオロはソムリエも兼ねる客席係で、ニコラとルカは料理人だった。そしてカリーニはお茶の水博士そっくりのおっさんなのに、息子たちはいずれもアイドル顔だった。パオロは三十前後、ニコラは二十五、六歳、ルカは二十歳《はたち》前後に見えた。

お父さんの店で息子三人が働いてるって、うらやましいな。

満希はイタリア料理のプロを志したが、和食の料理人である父とは料理に関してまったく接点がなかった。しかしこの三兄弟は、幼い頃から父の背中を見て料理の世界に入ったのだろう。父から子へと家業が受け継がれて行くのは、素直に素晴しいことに思えた。

「では、女房に紹介しよう」

厨房の横の階段を上がると、二階が住居になっていた。

「まあ、ようこそ。良く来てくれたわ」

台所から出てきたカリーニ夫人は満面に笑みを湛《たた》え、両手を広げて満希を抱擁してくれた。小太りで背が高く、息子たちと面差しが似ていた。息子の美貌《びぼう》はこの母親譲りだったらしい。

「フランチェスカよ。これから四ヶ月、仲良くやりましょうね」

カリーニが店に戻ると、満希を任されたフランチェスカが早速部屋に案内してくれた。二階の隅にある小ぶりな部屋で、ICIFのサレリオより手狭で日当たりも良くないが、贅沢《ぜいたく》は言えない。遊びに来たわけではなく、勉強させていただくのだ。

「元はパオロが使っていた部屋だけど、十年前に結婚して出て行って、そのまま空いてるの。だからICIFの研修生を泊めることにしたのよ」

ニコラは彼女がいるが結婚はまだ先で、ルカは振られて彼女募集中だ、と付け加えた。

「前の研修生も女の子だったけど、うちの店で腕を磨いて、ブラジルへ帰ってから一流ホテルのレストランに採用されたそうよ。あなたも頑張ってね」

「はい！」

満希は目一杯元気よく返事をした。

その日はディナータイムの仕込みが始まる前に厨房に入れてもらった。第一日目はあまり役に立たないかも知れないが、取り敢えずこの厨房の仕事の流れを把握しておきたい。

まず業者が届けてきた野菜、肉、魚介類を厨房でチェックし、客席係のパオロが夜のメニューを黒板に手書きして行く。

「マッキーに野菜の下処理を教えて」

ニコラは弟のルカに命じた。ルカは厨房では最年少で、満希の教育係を任されたようだ。

「これがラディッキオ、これがペペローニ、アスパーラゴ、ファジョーリ、ファーヴァ、カルチョフィ、ブロッコロ……」

ルカは野菜を指さしながらそのイタリア名を言う。ラディッキオ、ピーマン、アスパラガス、サヤインゲン、空豆、アーティチョーク、ブロッコリー、その他種類は多いが、下処理の仕方は実習で習った方法と同じだった。

すぐに作業に掛かった。幸いなことに満希は作業スピードが早い方だった。段ボール二箱分はあろうという野菜類を次々に皮を剝《む》き、レモン水に晒《さら》し、あるいはさっと茹で、調理用に整えていった。

開店と同時に次々に客が入ってきて、マルティーナ・フランカの店内はすぐに満席になった。厨房も客席も活気に満ち、笑い声や話し声、料理の注文を通す声、皿の音、鍋の音、オリーブ油がはぜる音、ジュウジュウと肉や魚の焼ける音等々、楽しい音が渦巻いてまことに賑やかだ。

満希はふと、ロマーノを思い出した。働いていたのはつい三月ほど前のことなのに、あれから何年も経《た》ったような気がする。

「マッキー、皿が下がってきたよ」

ルカの声が飛んで、ハッと我に返った。あわてて皿とナイフ・フォークをシンクに浸け、手早く洗い上げた。

「ズッキーニのマリネー、出して」

「はい」

冷蔵庫を開け、グリル野菜のマリネーを入れた容器を取り出し、調理台に置く。先輩が皿に盛り付けるのを待って、再び冷蔵庫にしまう。

「スズキのロースト！」

「魚のカルトッチョ（紙包み焼き）！」

「スカンピのグリル！」

「魚介のズッパ（スープ煮）！」

「魚介のフリット！」

メイン料理のオーダーは魚介料理と共に、仔羊《こひつじ》の蒸煮、地鶏《じどり》とジャガイモのオーブン焼き、若鶏のラグー（煮込み）、馬肉のインボルティーニ等、伝統的な肉料理を注文するお客さんも多い。基本的にイタリアは肉食なのだ。

そして前菜の注文にはナスのはさみ揚げ、ナスのポルペッタ、ズッキーニのパルミジャーナ、ペペローニの詰め物、空豆のスープとチコリその他、バリエーション豊かな野菜料理が揃っている。

店を閉めてから、従業員一同にフランチェスカも加わって、遅い夜食を食べた。メニューは残り物を利用した魚介のサラダと、プーリアを代表するパスタ・オレッキエッテ（ピンポン球を二つに割ったような形のショートパスタ）のブロッコリー入りペペロンチーノ。本来は菜の花和えだが、穫《と》れない季節にはブロッコリーで代用する。オレッキエッテの一番一般的な料理である。

「マッキーはよく働くね」

「一日目にしちゃ上出来だよ」

「この調子で頼むよ」

カリーニを始め先輩たちから褒められて、まずは安堵《あんど》した。

良かった。これで明日からもっと働きやすくなる。

オレッキエッテを食べながら、満希は心の中で思っていた。

この店は良い店だ。でも、まだ初めの一歩に過ぎない。この店のメニューに載っていないプーリアの伝統料理もあるはずだ。ここにいる間に、全部覚えてしまおう。プーリアの料理を、何でも作れるようになろう。


満希は仕事が早く、よく働いた。誰よりも早く厨房に入り、洗い物もゴミ出しも率先してやった。

最初のうちは「この中学生、大丈夫か？」と思っていたマルティーナ・フランカの人たちも、徐々に満希の実力とやる気を認めるようになった。そして、人間は情の動物である。「こんな小さい子が一生懸命頑張ってるんだから応援してやろう」という気持ちになってくれた。

フランチェスカの存在もありがたかった。その人柄を簡単に言えば典型的なイタリアの〝マンマ〟。人情味があって面倒見が良く、ちょっぴりお節介で早とちり。「フーテンの寅《とら》さん」のおばちゃんを美人にした感じだろうか。

満希のことは自分の娘とまでは行かなくても、親戚《しんせき》の娘くらい親身に思ってくれた。あれこれと身の回りの世話を焼きたがり、仕事は慣れたか、小遣いは足りているか、ホームシックにならないか、ボーイフレンドは出来たか、細かく心配してくれた。

満希の亡くなった母は子供の自主性を重んじてあまり干渉しなかったので、フランチェスカの旺盛《おうせい》な母性愛に最初は面食らったが、すぐにその心地良さに身を任せた。正確に言えば、下町人情劇の登場人物になったような気分に浸ることが出来た。こういう役柄で生きるのも悪くないな、と思ったものだ。

「どうせ一緒に洗うんだから出しなさい」

満希は作業着以外の洗濯は自分でやろうとしたのだが、無理矢理持って行ってしまう。

「それじゃ休みの日は、私が手伝います」

お礼に、休日は家事手伝いをすることにした。

これは貴重な経験だった。フランチェスカと一緒に行って、市場での買い物のコツも分ったし、昼ご飯と夕ご飯の支度を手伝って、レストランでは出さない家庭料理のレパートリーを覚えた。

「マッキー、今日から魚の下処理をやってごらん」

「はい！」

魚の下処理と言っても、日本のように三枚におろすことはない。鱗《うろこ》と内臓を取って水洗いし、水気を拭《ふ》き取ってからグリルやソテー、ロースト、煮物、揚げ物などに調理する。イカやタコは皮を剝いてから調理することが多い。イカに詰め物をする料理はイタリア各地にあって、プーリアではムール貝を入れる……。

店のメニューはＩＣＩＦで習った物がほとんどだが、同じ料理でも微妙に作り方や味付けが違っていた。おおざっぱに言えば、ＩＣＩＦの料理より幾分パンチが効いている。

……きっと、ハーブとスパイスの使い方が少し違うからだ。

マルティーナ・フランカの味、即《すなわ》ちマルコ・カリーニ親方の味。満希はカリーニの一挙手一投足に注意を払い、その味を覚えようと必死になった。たとえ見様見真似であっても、その試みは無駄にならなかった。ただ言われるがまま働くのと、目的意識を持って目配りしながら働くのでは、日を追ううちに結果が違ってくる。

最初は前菜、次はパスタの調理をさせてもらえるようになった。そして研修が十二週間目に入る頃には、メインの肉料理や魚介料理も、一部作らせてもらえるようになった。

こうしてめきめき腕を上げ、教育係のルカを追い抜いて厨房の三番手に進んでも、誰も意地悪や嫌がらせをしなかった。ルカも他の調理人も素直に満希の努力を認め、上達を喜んでくれた。

満希は良い店に派遣された幸運を感謝した。同時に、フランチェスカの大らかさが、息子たちに良い影響を与えているのだと思った。

「マッキー、日本からシニョーラが来てるよ」

十月に入ったばかりのある日のランチタイム、厨房に注文を通したパオロが満希に言った。

「手が空いたら、挨拶に行っておいで」

「はい」

イタリアまで訪ねてきてくれるような知り合いに心当たりはない。一瞬、大俵《おおたわら》かれんが旅行がてら寄ってくれたのかと思ったが、まだ若いかれんなら「シニョリーナ」と呼ばれるはずだ。

トマトソースのスパゲッティ・ボンゴレを手早く仕上げ、満希は客席に向った。

片手を挙げて微笑《ほほえ》みかける女性は、ロイヤルブルーのジャケットに真っ白いパンツ、白髪の美しい……。

「柳瀬《やなせ》さん！」

ＩＣＩＦ研修の世話をしてくれた柳瀬薫《かおる》だった。

「今日は。お元気そうね」

半年ぶりの日本語が、涙が出るほど懐かしい。満希はあわてて頭を下げた。

「わざわざ来て下さったんですか？」

「ちょっとこちらへ来る用事があったものだから。どう、料理の勉強は？　順調？」

「はい。毎日すごく楽しいです。珍しいことや新しいことばっかりで、ホントに勉強になります」

「それは良かったこと」

「今はセコンド・ピアットも作らせてもらってます。柳瀬さんの注文した料理、私が作りますから、召し上がって下さい」

「まあ。楽しみだわ」

満希は厨房にとって返してカリーニに頼んだ。

「あのシニョーラは、私をＩＣＩＦに派遣してくれた人です。彼女の注文した料理、私に作らせてもらえませんか？　どのくらい腕が上がったか、証明したいんです」

「ああ、良いよ」

カリーニは気軽に頷いた。

薫の注文は前菜がプーリアの名産であるムール貝のパン粉焼き、メイン料理が白ワイン風味のヤリイカ詰め物だった。パオロが地元ワインをデキャンタでテーブルに運んでいくのが見えた。

さすが、柳瀬さんは分ってる。

満希はイタリアに来てから、レストランで料理を注文する際の常識を知った。メインの料理を中心に食事を組み立て、料理に合ったワインを選ぶこと。日本人はパスタを蕎麦やうどんと同じく主食に考えているが、イタリアではスープと同じカテゴリーで、和食の味噌汁《みそしる》に相当する。だからスパゲッテリアのような専門店以外、パスタだけの注文はルール違反になる。

薫はイタリアで見ても毅然《きぜん》として美しく、洗練されていて、こんなステキな人が店に来てくるなんて、内心とても鼻が高かった。

満希はいつも以上に注意深く料理を作った。

薫が食事を終えるのを見計らって、パオロが声をかけた。

「マッキー、シニョーラはそろそろお帰りだ。挨拶しておいで」

「はい！」

満希は魚介のフリットを油から引き上げてバットに移し、盛り付けをルカに頼んで厨房を出た。

「柳瀬さん、今日は本当にありがとうございました」

テーブルの脇に立ち、深々と一礼すると、薫はエスプレッソのカップを置いて微笑んだ。

「ご馳走《ちそう》様。美味しかったわ。私も、来た甲斐《かい》がありましたよ」

そして、穏やかな眼差《まなざ》しでじっと満希を見た。

「イタリアで学んだことを、これからあなたの人生で活《い》かしてね。今のあなたは、種を植えられてやっと芽が出たところだわ。キチンと育てて、大きな花を咲かせてちょうだい」

「ありがとうございます」

薫は過分なチップを店に置いて帰っていた。

「あのシニョーラはどういう経歴の人？」

ランチタイムの後、賄《まかな》いの時間にパオロが尋ねた。

「さあ、私もよく知らないんです」

「イタリア語がすごくうまくて、それも今のじゃなくて、五十年くらい前のイタリア語……優雅な」

「あっ、そう言えば、お父さんがイタリア大使で、ワールド・ウォーの前はイタリアに住んでたって聞きました」

「……なるほど。昔のままの、冷凍保存されたイタリア語なんだ」

パオロの言葉で、満希は薫の人生にチラリと思いを馳《は》せた。しかし、きっと想像を絶するものだったろうという以外、何一つ具体的なイメージが思い浮かばなかった。


バーリでの研修期間はやはりあっという間に終了した。楽しい時間ほど速く過ぎるのだ。

「もし、イタリアで働く気があるなら、マルティーナ・フランカへおいで。歓迎するよ」

別れ際、カリーニは真剣に就職を勧めてくれた。

十五週間、休日のたびに一緒に買い物に行き、台所に並んで立って料理を作ってきたフランチェスカは、別れを惜しんで涙ぐんだ。

「どうもありがとう。皆さんのこと、忘れません」

満希は一人一人と握手し、抱擁を交わし、千切れるほど手を振って車中の人となった。

ピエモンテ州アスティ県のＩＣＩＦ本部には、同期の研修生たちが研修先から戻ってきた。

コスティリオーレ城で修了式が行われた。お揃いの調理服とコック帽を身につけ、修了書を手に、記念撮影をした。

式が終われば、各自故国へと帰って行く。

「マッキー、絶対にうちの店に来てね。日本とオーストラリアは、イタリアよりずっと近いんだから」

「うん。ルーシーも、日本に来たら私の店に寄ってね。なるべく早く、自分の店を持つから」

二人はかなり上達したイタリア語で誓い合った。しかし、満希にはプーリアの、ルーシーにはトスカーナの訛《なま》りが強くなっていて、お互いにそれぞれの訛りに吹き出してしまった。

研修生たちに別れを惜しんで涙する者など一人もいなかった。誰も皆、やっとスタートラインに立ったところだと知っていた。幕は今、開いたばかりだ。

蘇芳満希もまた、これから始まる新たな挑戦の旅に、胸の高鳴りを覚えていた。

第四章

注文の多い料理店

小さな流しの中は野球のボールくらいの大きさの、緑色の松ぼっくりで埋まっていた。

「何、これ？」

笙子《しょうこ》は横から覗《のぞ》き込んだ。

「アーティチョーク。イタリアではカルチョフィ」

「ああ、これが原型だったんだ。アーティチョークの卵焼きの」

アーティチョークの卵焼きはメッシタ開店当初からの看板メニューの一つだ。

「でも、今日は卵焼きじゃなくてトマト煮」

満希《まき》は塊を一つまな板に載せると、萼《がく》部分を手で剝《む》き、茎の外側の青い部分を包丁で剝き、先端を切り落としてから縦半分に切った。その真ん中にあるトウモロコシのヒゲのような部分をスプーンでくり抜くと、裸にしたアーティチョークを水を張ったボウルに入れた。水にはレモンの輪切りが浮かんでいる。

「レモンは色が変るのを防ぐため？」

「そう。アクが出て黒ずんじゃうから。でも、浸けすぎるとレモンの風味がついちゃうから、手早く上げないと」

「随分小さくなっちゃうわね」

食べられない部分を取り除いたら、野球のボールくらいだった身が、葉をカットした葉タマネギ、あるいは巨大化したラッキョウくらいの大きさになってしまう。

「下世話な話だけど、お高いんでしょ？」

「うん、目の玉飛び出る。だから東京で、一本まるっと出す店に出会うと、気合い入ってんな、格好いいって思っちゃう」

「これで何人分？」

「今回は七個で四人前」

話している間も満希は手を止めない。剝いて、割って、くり抜いてレモン水に晒《さら》す。半袖《はんそで》のTシャツから出た二の腕は、力が入る度に筋肉が小さく盛り上がる。料理が肉体労働であること、満希が長年に渡ってそれを続けてきたことを、その力こぶが物語っている。

「初めてイタリアに行ったとき、これと対面したの。ＩＣＩＦの調理実習で。東京じゃ見たことなかったから、ビックリしたし、感動した。これがイタリアかって思って」

満希は七個のアーティチョークをいとも容易《たやす》く丸裸に剝いてしまった。しかし、慣れない人間なら、この分量の下処理でも随分と手間を取られるだろう。

「イタリアのレストランじゃ、籠《かご》いっぱい仕込むから大変。トゲのあるのもあるし、アクで手は真っ黒になるし。これを見る度に、山盛りのカルチョフィと格闘した頃を思い出すわ。青春真っ盛り」

笙子は先ほど満希が書き上げた黒板のメニューにチラリと目を走らせた。今日もとびきりの料理が満載だ。

前菜の欄は、茹《ゆ》でカリフラワーのアンチョビソース、特上白子フリット、アーティチョークのトマト煮、ポルチーニのグリル、人参《にんじん》のバター煮、オリーブ、ハムカツ、サヨリと赤カブのサラダ……。一番下の段に「白トリュフありますけど！」の文字が跳ねるような勢いで書かれている。そして、メニューの一番上にはいつも「プーリア産ブッラータチーズ」の文字があった。

「これまでは気にも留めなかったけど、プーリア州は満希さんが初めて派遣されたバーリのレストランがある所よね？」

「マルティーナ・フランカ。懐かしい」

満希はほんの少しだけ、遠くを見る目になった。

「もうあれから二十年だけど、プーリアの食材に触れる度に、あの店で過ごした十五週間を思い出す。楽しかったなあ。マンマもパパも兄ちゃんたちも、みんな良い人でさあ……」

それに私も青春だったしね、と満希は付け加えた。

二〇一六年十二月の初め、ある水曜日の午後。メッシタ閉店まで残り四ヶ月を切っていた。

「明日は築地が休みだから、開店準備の時に来てくれたら、少しは話も出来るけど」

昨日満希から電話をもらった。築地市場が休みの水曜日は買出しも休むので、他の日よりは多少時間に余裕がある。

笙子はランチの差入れ用にわざわざ東京駅へ行って「牛タン&ステーキ弁当」を買い、開店前のメッシタにやってきた。かつて満希が「幕の内より牛タン弁当が好き」と言ったことを覚えていたのだ。

牛タンの御利益か、満希は至極上機嫌で、初めてのイタリア留学体験についてあれこれと語ってくれた。インタビューも三回目なので、順を追って過去の体験を話すのにも慣れたようだ。

「日本へ帰ったときは夢と希望でいっぱいだったわけね？」

「うん。勉強してきたことを活《い》かして、どんどん腕を上げたいって、そればっかり考えてた」

「で、楠《くす》見《み》さんのお店に勤めるようになったきっかけは？」

「あれも成り行きと言えば成り行きなんだけど……」

満希はそこで言葉を切り、珍しく溜息《ためいき》を吐《つ》いた。

「帰る早々、突然気が付いたんだ。これって、大俵《おおたわら》さんと柳瀬《やなせ》さんへの裏切り行為じゃないかって」

親友かれんの父大俵潤吉《じゅんきち》は、満希の熱意と才能を見込んで、いずれ自身の経営するレストラン・チェーンの幹部料理人にするつもりだったに違いない。それで柳瀬薫《かおる》に紹介してくれたのだ。

「手続きもしてもらったし、お金も出してもらったのに、私、もうロマーノで働く気がしなくなってた。金返せば良いって問題じゃないよね。人様の好意を踏みにじったんだから」

満希は鶏《とり》ブロードの火加減を調節してから、野菜類の下ごしらえに取りかかった。

「それで、どうしたの？」

「謝りに行った。正直に自分の気持ちを話して、ひたすら謝る。それしかないもん」

赤カブの皮を手早く剝き、スライスして行く。

それを見ると笙子はインタビューの途中だというのに「今日は絶対『サヨリと赤カブのサラダ』を食べよう」と決意していた。


ＩＣＩＦでの半年間の研修を終えて帰国した翌日、満希は柳瀬薫の住むマンションを訪ねた。豪華なエントランスを前に、重苦しい気持ちで壮麗な建物を見上げたことを、普段は忘れているが、何かの折りに思い出す。

わざわざ南イタリアまで様子を見に来てくれた恩人に対し、これから恩を仇《あだ》で返すようなことを言わなくてはならないと思うと、それだけで気持ちがくじけて逃げ出したくなった。

「いらっしゃい。良く来てくれたわ。……あら、お帰りなさい、が先だったわね」

応接間に迎え入れてくれた薫は、牡丹《ぼたん》色のモヘアのチュニックに白いパンツを合わせていた。それが白い髪によく似合って、上品な華やかさを漂わせている。

「あのう、この度は大変お世話になりました。これ、本当につまらないものですけど……」

土産に持参したのはプーリア名産のオリーブオイルだった。

「あらまあ、ありがとう。プーリアのオリーブオイルは良いわよね。私もイタリアに行くたびに買ってくるの」

満希はソファの中で身を縮めたが、意を決して大きく息を吸い込んだ。

「あのう、柳瀬さん。私、お詫《わ》びしないといけないことがあります」

言いにくいことだが、黙っているわけにはいかない。

「せっかくICIFに留学させていただきましたが、私はロマーノで働くことは出来ません。イタリアで学んだような料理を出すお店で働いて、もっと勉強したいんです。そして、いつか自分の店を開きたいんです」

満希は立ち上がり、身体《からだ》が二つ折りになりそうなほど頭を下げた。

「本当にごめんなさい。お金は働いてお返しします」

「まあ、とにかくお座りなさいな」

薫は特に機嫌を悪くした様子もなく、優しい声で言った。

「私、最初から約束を破るつもりじゃなかったんです。でも、イタリアで料理の勉強するうちに、自分でもこういう料理を作りたいと思うようになったんです。私が目指す道はこれだと思いました。ロマーノは良いお店だと思います。でも、私が目指すものとは違うんです」

満希は一気に言葉を吐き出した。今、言うべきことを全部言ってしまわないと、後になったら言葉が出なくなるような気がした。

「それは、良かったこと」

満希は驚いて薫を見返した。顔の表情も態度も声音もとても穏やかで落ち着いている。まるで最初から満希の気持ちを知っていたかのようだ。

「自分が本当にやりたいことが見つかって。若いうちにそれを見つけるのはなかなか難しいけど、料理の世界に進むなら、今のあなたの年齢は決して早すぎないわ。遅いくらいかも知れない」

満希はひたすら謝るつもりでやってきたので、何と答えれば良いか分らず、もじもじと身じろぎした。

「あのう、怒ってないんですか？」

「どうして？」

薫は愉快そうに目を細めた。

「私は日本とイタリアの交流が盛んになるように願って、長年色々な活動をしてきたのよ。あなたがしっかり腕を磨いて、本格的なイタリア料理を出すお店をオープンしてくれたら、とても嬉《うれ》しいわ。それに……」

薫は満希の全身に挑むような視線を走らせた。

「女性の料理人は数が少ないから、頑張って欲しいわ。家庭でご飯を作るのは女なのに、料理のプロが男ばかりなのは、やっぱりおかしいでしょ？」

満希は引き込まれるように頷《うなず》いた。ＩＣＩＦの研修生の男女比は十対八だった。だが、きっと日本のイタリア料理の世界では、女性の比率は圧倒的に低いのだろう。

「あなたならきっと大丈夫。頑張って、日本を代表するイタリアンの料理人になってね」

「はい」

満希は安堵《あんど》したのと感動したので、危うく泣きそうになった。

しかしまだ泣いている場合ではない。大俵潤吉への詫びが残っている。

満希は薫のマンションを辞去すると、その足でロマーノ本社へ向かった。

「蘇芳《すおう》君、お帰り。良く来てくれたね」

社長室へ通されると、待っていた大俵はソファから立ち上がって迎えてくれた。

満希はお土産のプーリア産オリーブオイルを差し出してお礼の口上を述べてから、話を切り出した。

「本当にごめんなさい。私、ロマーノに復帰することは出来ません」

またしても身体を二つ折りにしようとしたとき、大俵は穏やかな声で言った。

「そうだってね。さっき、柳瀬さんから電話があったよ」

「えっ？」

「ま、座りなさい」

大俵も薫と同様、まったく気を悪くした様子はなかった。

「柳瀬さんが君の決断に賛成している以上、私の方はまったく異存はない。本当を言うと、イタリアでの君の様子を聞かされた時から、こんなことになるんじゃないかと思っていたんだ」

「すみません」

「別に謝らなくても良いよ。才能があるんだから、それを思い切り伸ばしたいと思うのは当然だ。正直言って、私が君でもロマーノに骨を埋《うず》めるのは二の足踏むだろうねえ」

「社長、私、決してロマーノが悪いなんて思ってません。日本人にイタリア料理の間口を広げてくれた、素晴しい店だと思ってます。ロマーノがなければ、私はイタリア料理と出会えませんでした。ただ、私はイタリアで勉強して、新しい目標が出来たんです。イタリアで出している料理をそのまま出せるような、そういう店を作りたくなったんです」

「分るよ」

大俵は大きく頷いた。

「みんな本場の味を目指してるんだよ。フランス料理も、イタリア料理も、その他の国の料理も。ただ、今までは日本風にアレンジしないと経営が難しい面もあった。でも、これからはそれも可能になるはずだ。君の時代には……」

満希はその時、生まれて初めて「時代」という概念を身近に感じた。今という時代に生まれたからこそ、満希は「本場イタリアの味」を目指し、ＩＣＩＦに研修に行くことが出来た。だが、二十年早く生まれたら、そんなことは夢のまた夢だったろう。

それは同時に、大俵も薫も今の時代に生まれていたら、別の人生を歩んだかも知れないということだ。

そう考えると、自分という小さな存在が「時代」という大きな流れの中を泳いでいることを、おぼろげながら感じ取った。

「かれんもすごく会いたがってるよ」

大俵は経営者から父親の顔になって言った。

「私もです。これから、一緒にご飯食べる約束なんです」

大俵はポンと手を打った。

「そうだ。日曜日に帰国祝いをしよう。柳瀬さんもお招きして」

「あの、よろしいんですか?」

「当たり前じゃないか。君、何が食べたい? やっぱりイタリアンかな?」

「はい。出来れば」

大俵は楽しそうな笑い声を立てた。

「やっぱり蘇芳君はイタリア料理の申し子だ。私はイタリアから帰ってくると、野沢菜漬けと塩鮭《しおじゃけ》と大根おろしが食べたくて堪《たま》らないのに」

大俵が招待してくれた店は、六本木七丁目にある「トラットリア・ジュリオ」というイタリアンレストランだった。六本木交差点から外苑《がいえん》東通りに沿って乃木坂《のぎざか》方面に少し歩いた所だ。

初めての場所だが道なりにまっすぐの分りやすい場所なので、満希は迷わず時間通りに店に到着した。

トラットリアとついているけど、リストランテだな。

店の規模と内装を見て、満希は素早く判断した。イタリアでトラットリアというのは伝統料理と家族的なサービスが特長の、一般的なレストランだ。リストランテはそれを高級化した店で、料理もサービスもプロによって提供される。ジュリオはテーブル席五十前後の、バーリのマルティーナ・フランカを少し大きくして、少しお洒落《しゃれ》にしたような店だった。

「スオー、こっち」

大俵親子は先に来ていて、かれんは満希を見るとテーブルから手を振った。

「ご招待、ありがとうございます」

満希は一礼してかれんの隣に座った。

すぐに柳瀬薫も到着し、四人はテーブルを囲んだ。

全員が揃うとウェイターがやってきて、各人にメニューを渡した。定番は革表紙のメニューで、本日のお勧めは透明のプラスチックのホルダーに入っていた。

満希はメニューを凝視した。前菜が二十五、六品、魚料理が五品、金目鯛《きんめだい》とホウボウは一本丸ごとのお好み調理（グリル・ロースト・煮込み）、肉料理が十品ほど。イタリア各地方の伝統料理が良いバランスで載っている。

「こちらのお店は社長のご存じよりですか？」

メニューから顔を上げて訪ねると、かれんが首を振った。

「柳瀬さんのご贔屓《ひいき》なの。だからきっとすごい美味《おい》しいわよ。パパって、大きな声じゃ言えないけど、味オンチだもんね」

大俵は照れ笑いを浮かべ、薫はニッコリ微笑《ほほえ》んだ。

「大俵さんはいつもとても美味しそうに召し上がるから、一緒にお食事するのが楽しいわ」

「今日は蘇芳君の帰国祝いだ。何でも好きなものを注文して」

大俵は満希に促した。本来は招待してくれた大俵か馴染《なじ》み客の薫に「お任せします」と言うべきなのだろうが、マルティーナ・フランカで毎日のように作っていた料理名を目にすると、俄然《がぜん》食べ比べてみたくなった。

「あのう、コッツエ・グラティナーテ（ムール貝のパン粉焼き）と、ウニのスパゲッティと、ポッロ・アッローストコンバターラ（地鶏とジャガイモのオーブン焼き）をお願いします」

プーリア州はアドリア海に面して海の幸に恵まれていたが、特にムール貝・ホタテ・牡蠣《かき》などの貝類とウニが豊かだった。中でもターラント県のムール貝はローマ時代から有名で、ムール貝のスパゲッティは「ターラント風」と呼ばれるほどだ。

「美味しそうね。じゃ、私もそれにしようかな」

かれんはメニューに目を落としながら呟《つぶや》いた。

「勿体《もったい》ないから別のにしなよ。このお店、イタリア全土の料理が満遍なくメニューに載ってて、スゴい。胃袋が交換できたら、上から下まで全部食べたいくらい」

「……そうか。じゃ、スオーは何が良いと思う？」

「私は南部中心に選んだから、かれんは北部とトスカーナのメニューにしたら？　このオムレッテ・アッラ・フィナンツェラって、魚介のオムレツに内臓で作ったソース掛けたやつ。ピエモンテの料理。ＩＣＩＦで習ったんだ。すごく美味しいよ。それに、今の季節ならきっとトリュフも掛かってるよ」

「ホント？　じゃ、前菜はこれにしよっと」

かれんはそんな調子で、メニューは全部満希にお任せだった。

大俵と薫はそんな二人の様子を眺めて、小さく笑みを交わした。

料理の注文が終わると、ソムリエがやってきた。満希はワインリストがすべてイタリアワインで占められているのを見て、大俵と薫に選んでもらうことにした。

「スオー、せっかく半年もイタリアへ行ってたのに、ローマもフィレンツェも行かなかったの？」

イタリアの話が出ると、かれんは不思議そうに尋ねた。

「うん。地元料理マスターするので精一杯だったから」

「偉いねえ……」

かれんは溜息と共に漏らした。

「やっぱりスオーは料理に向いてるんだわ。私、絶対ダメ。イタリアで暮らしたら、きっと観光三昧《ざんまい》で終わっちゃう」

やがて前菜の皿が運ばれてきた。

「いただきます！」

ムール貝を口に運んで、満希はハッとした。マルティーナ・フランカと味が違う。新鮮で質の良いムール貝を使っているのは同じだが、微妙に味付けが違う。

ムール貝のパン粉焼きの基本の味付けは塩・胡椒《こしょう》・ニンニク・パセリ・オリーブ油で、パン粉に粉チーズを混ぜたり、貝の煮汁やトマトソース、レモン汁を加えることもある。満希が習ったのはペコリーノ・チーズを混ぜてレモンの汁を振る作り方だった。この店の粉チーズはパルミジャーノで、貝の煮汁を掛けてある。

だが、それだけではない。塩加減、ニンニクの量、火の通し方、その絶妙なバランスが、満希の作っていた味と明らかに違う。

「かれん、一口味見させて」

「良いよ」

満希は魚介のオムレツをフォークですくい、かれんはムール貝を一個自分の皿に取った。

これも違う……ＩＣＩＦの実習で習った味と微妙に違う。

満希はじっと皿を見下ろした。決して奇をてらった味付けをしているわけではないし、日本風のアレンジはまったく加えていない。極めて正統派のイタリア料理だった。それでも、作り手の個性というものがきちんと出ている。

ウニのスパゲッティも、地鶏とジャガイモのオーブン焼きも、やはりマルティーナ・フランカのオーナー・シェフであるカリーニの味とも、それを見習った満希の味とも違っていた。正統派でありながらこのシェフにしか作れない独特の味だった。それはかれんに味見させてもらったスパゲッティ・アッラ・ペスカトーラ（漁師風）も、鴨《かも》胸肉のロースト・ペヴェラーダソースも、付け合わせのジャガイモのエマヌエッレ風も同様で、見事としか言い様がない。

それにペヴェラーダ・ソースは鶏レバー・サラミ・アンチョビを使った手間の掛かるソースだし、ジャガイモのエマヌエッレ風もマッシュポテトに生ハムと黒トリュフとパルミジャーノを混ぜ、細かく砕いたカペッリーニを衣にして揚げたコロッケで、金も手間も掛かる大変な料理なのだ。付け合わせならポテトフライと温野菜で十分なのに、律儀に伝統的なコントルノ（付け合わせ料理）を添える心意気も素晴しい。

デザートを食べ終わる頃には、すでに満希の決心は固まっていた。

「柳瀬さん、私、この店で働きたいんですけど」

ナプキンをたたんでテーブルに置き、満希は薫の方に向き直った。

薫も大俵もかれんも、唖然《あぜん》とした顔で満希を見た。

「スオー、決断、早くない？」

かれんが呆《あき》れた声で言ったが、満希は薫に目を向けたままでいた。

「もう、他の店を探す必要はないです。一発で分りました。ここの料理、スゴいです。私もこういう料理が作りたいんです」

薫は少し首を傾《かし》げて、考えながら口を開いた。

「でもねえ、ここは大変よ。大きな声じゃ言えないけど、あんまり人が居着かないらしいわ。それはつまり、雇われる方にとっては環境の良い店じゃないってことよね」

「そんなの、構いません。私、楽しして腕が上がると思ってないですから」

「楠見さん……この店のオーナー・シェフだけど、性格がきついので有名なのよ。頭にくると鍋やフライパンが飛んでくるんですって。そんなところで働くのは、女の子には無理じゃないかしら」

「大丈夫です。覚悟してます。鍋が飛んできたらヘルメット被《かぶ》ります」

かれんが心配そうに眉《まゆ》を寄せ、口を挟んだ。

「ゲソパン喰《く》らったらどうすんの？」

「平気だよ。すね当て付けるもん」

薫はまた少し考え込んだ。

「……そうねえ。じゃあ、話だけでもしてみましょうか」

そこへ、奥から白い調理服姿の男が現れて、満希たちのテーブルに近づいてきた。オーナーシェフの楠見だろう。

「柳瀬さん、いつもありがとうございます。大俵さん、ようこそいらっしゃいませ」

深々と頭を下げ、本日の料理は如何《いかが》でしたかと尋ねた。薫も大俵も大変満足したと答えている。

満希は素早く一連の見事な料理を作った男を観察した。背が高く体格が良い……ルーシー・ベニーニと同じくらいか。年は四十前後で、顔は日本人よりイタリア人に近い。目・鼻・口の造作の大きな〝濃い〟顔だ。だからイタリア料理が上手《うま》いのかも知れない。

儀礼的な遣《や》り取りが終わった後、薫が楠見に尋ねた。

「この前、厨房の若い人が一人辞めたって聞きましたけど、その後欠員はどうなりました？」

「それが、まだ決まりませんで」

「じゃあ、彼女を使ってみてくれないかしら？」

薫が満希を見遣ると、楠見は露骨に眉をひそめた。

「蘇芳満希さん。ＩＣＩＦの研修を終わって帰ってきたばかりよ。帰国祝いにこのお店でお食事したら、楠見さんの料理に惚《ほ》れ込んでしまったみたいなの。どうしてもここで働きたいんですって」

楠見の顔を見れば、迷惑がっているのは明らかだった。しかし、得意客の頼みを無下に断るのも憚《はばか》られ、どうやって薫の顔を潰《つぶ》さずに満希を追い払ったら良いか逡巡《しゅんじゅん》しているのが窺《うかが》われた。

「では、明日の十一時過ぎに、履歴書を持ってこちらに来てもらえますか？　詳しいお話はその時に伺いましょう」

楠見は無理矢理のような笑みを浮かべて満希に言った。

満希は頭を下げて殊勝に「よろしくお願いします」と言いながら、心の中では「追っ払われて堪るか」と思っていた。


「ケッ！」

楠見は突然、茹ですぎたパスタでも出されたように唇をひん曲げ、嫌悪感たっぷりの声を上げた。

翌日の十一時十五分、フロアの隅っこのテーブルで、満希の持参した履歴書にざっと目を通している時のことだ。

「半年やそこらイタリア行ったからって、経歴なんかになんねーよ」

ビックリしてあんぐり口を開けた満希の前に、楠見はポンと履歴書を放《ほう》り出した。

「まずは厨房見習い。掃除からスタートだ。やる気があるなら明日から来い。早番は十時出勤。遅刻厳禁だ」

それだけ言うと、返事も待たずに立ち上がった。そして後も見ずにさっさと厨房に消えた。

人間、あんまりビックリすると言葉を失うのだと、この時満希は痛感した。

いったい、何、あの人？　大人でしょ？　それより、人としてどうなの？　親しき仲にも礼儀があるんだから、知らない仲だったらもっと礼儀が要るじゃない。バカ！　バカ！　大バカッ！

言うべき言葉が次々と浮かんで来たのは店を出てからで、完全に後の祭りだった。

私をそこらの料理学校の卒業生と一緒にしないでよ。イタリアの星付きレストランで四ヶ月働いたんだから。前菜もパスタも魚料理も肉料理も、全部作ってたんだから。

覚えてろよ。実力のほど、見せてやるからな。その時になって吠《ほ》え面かくなよ！

満希は怒りのあまりブルブル震えながら、六本木の駅へ歩いていった。


ジュリオは厨房に六人、フロアにソムリエ一人とサービス係四人が働いていた。

厨房は料理長の楠見以下、肉料理・魚料理・パスタ・菓子の担当者が各一名と見習いの満希というメンバーである。一番下っ端の満希は当然一番こき使われるものと覚悟していたが、ジュリオでの日々は想像を絶するものだった。

まずは朝十時に厨房とフロアの早番スタッフが出勤し、開店準備に取りかかる。遅番は十一時出勤になる。

厨房スタッフは前夜漂白剤に浸けて帰った布巾《ふきん》を洗うほかは、仕込みが主たる作業になる。まずはブロード作りで、人参・タマネギ・セロリ・ローリエ・クローブ・胡椒・鶏手羽を二十リットルの大鍋で煮るのだが、アクを取りながら五～六時間煮続ける。

フロアスタッフの方は、出勤したらまずその日の予約を確認し、店内の掃除、グラスとカトラリー磨きなど、細かな作業を行う。

そうしているうちにも次々契約している業者が訪れる。業種は氷屋、魚屋、肉屋、チーズ屋、ワイン屋、八百屋、ハーブ屋、乾物屋だが、プロの食材を扱う業者は専門分野が細かく分れているので、魚屋は三軒、肉屋も三軒、ワイン屋は酒屋と輸入卸業を含め六軒と契約していた。だから十時から午後一時までの間に、ひっきりなしに業者が出入りすることになる。

魚類は受け取ったらすぐに鱗《うろこ》と内臓を取り、氷に載せて冷蔵庫にしまう。あさりは塩水につけて砂を吐かせ、タコは塩もみする。魚介類は魚屋の配達だけでなく、地方から直接届く便もあるので、その量も半端ではない。

午後になると、フロアスタッフは店内のテーブルセッティング・ミーティング・業者との打合せ・伝票整理・店内整理・勉強会・反省会などで忙殺される。厨房では時間の掛かる煮込み料理の準備を始める。

午後三時半過ぎ、厨房スタッフは材料と予約を確認してその日のお勧め料理を決定する。それを受けてフロアスタッフがお勧め料理とグラスワインを書き込み、コピーしてメニューを作成する。

午後四時半から五時までがスタッフの食事時間だ。日替わりで和洋中の料理が出る。賄《まかな》いは交代で作っているが、本来は一番下っ端の満希の役目になる。

午後六時に開店し、十一時がラスト・オーダーで、深夜一時半に閉店する。

出勤第一日目、満希の与えられた仕事は野菜と魚介類の下処理、ブロード作りの火の番、洗い物その他雑用だった。それはロマーノでもマルティーナ・フランカでもやっていたことだが、ジュリオが扱う食材の多様さは圧倒的だった。特に魚介類の種類が多い。一日三十種類近く仕入れていて、イタリアでは見たことのない魚が幾つもあった。

秋だったこともあり、肉類も通常の牛・鶏・豚・羊の他にホロホロ鳥・野鴨・山鳩《やまばと》・山ウズラ・野ウサギ・鹿《しか》・イノシシなどのジビエ類が専門業者から納品されてきた。満希は狩猟が解禁された直後に帰国してしまったので、イタリアでジビエ料理を学ぶ機会を逸していた。だから初めて間近に各種野禽《やきん》類の肉を見て、新鮮な感動を覚えた。ジビエを扱うレストランは、まだ日本では多くない。

六時の開店と同時に予約客が三組入ってきた。

「オーダー、入ります！　Aコース二名様！」

「オーダー、入ります！　シェフのお任せコース三名様！」

スタッフの声が厨房に響く。それと同時にパスタ・魚介料理・肉料理の各担当が一斉に動き出した。前菜は肉系は肉担当が、魚系は魚介担当が作る。

「ホウボウ出せ！」

楠見が満希に怒鳴った。あわてて冷蔵庫を開け、六十センチ近いホウボウをバットに載せて調理台に運んだ。

ひと目見るなり、楠見が目を剝いた。

「お前、鱗取ったのか?」

「はい」

「バカヤローッ!」

満希は怒鳴られる理由が分らず、ただ目を瞬《しばた》いた。

「ホウボウはな、鱗が柔らかいから、松かさ焼きにするんだよ! なんでせっかくの鱗、取るんだよ!」

「あの、でも、魚は鱗と内臓を取るのが……」

常識で……と言う前にソースパンが飛んできた。咄嗟《とっさ》に避《よ》けたが、小さな片手鍋は壁に当たって床に落ち、派手な音を立てた。

「魚によって下処理の仕方も違うんだよ! そんなことも知らねえのか!」

満希は仕方なく頭を下げて「すみません」と言った。確かに、これまでホウボウを見たことがなく、食べたこともなかった。

その騒ぎの中でも、各料理の担当者たちは何事もなかったように調理を続けていた。無理して見ない振りをしているのではなく、関心がないのだ。自分の仕事に集中しているのと、もう一つは誰も満希に関心がないからだ。

満希は先輩たちの背中が、自分を拒否しているような気がした。

ジュリオは午後七時を過ぎる頃には満席になった。

それからの喧噪《けんそう》ぶりはまるで戦場だった。次々にオーダーが入り、カウンター越しに厨房とフロアの声が飛び交う。担当者は調理に取りかかり、二品、三品を同時に仕上げては次に取りかかる。厨房を熱い空気が取り巻き、渦を巻いて立ち上った。

だが、満希はその渦の外に追いやられていた。汚れた食器を洗ったり、盛り付けの皿を出したり、肉を叩《たた》いたり、ソースを火に掛けたりはしたが、調理はまったく手伝わせてもらえなかった。

私だってカルパッチョくらい作れるのに。ペスカトーレもボンゴレ・ビアンコも、カルトッチョもアクアパッツァも、ビステッカもラグーも、全部作れるのに。どうして誰も何も言ってくれないの？　どうして？

十時を過ぎても客足は落ちず、ラストオーダーすれすれに入ってくる客もいて、閉店までにはとんどの客席は三回転した。

店を出たのは深夜二時過ぎだった。満希は疲れ果て、身体《からだ》中が泥のように頼りなく、今にも崩れそうな気がした。目一杯働いたのならともかく、大して働いていないのにこれほど疲れるのは不思議だった。

勿体ないがタクシーを拾って家に帰った。終電はとっくの昔になくなっている。

慣れたら自転車通勤しようかな……。

そんなことを思って布団に潜り込んだのは三時近くだった。

そして、目を開けたらすでに朝の八時半になっていた。

大急ぎでシャワーを浴びてパンをかじり、十時の出勤に間に合うように家を飛び出した。

「おはようございます！」

ジュリオの前で、早番のスタッフと合流した。

昨日と同じく、店に入るやいなや、慌ただしく作業が始まった。

厨房のセットをしているうちに、業者が入れ替わり立ち替わりやってきた。先輩スタッフは食材のチェックをしながら、昨日の品の感想やら注文やらを伝えている。満希はその横でブロード作りの準備を始めた。

「スオー、今日フロアの見習いが休んだから、お前、代わりに入れ」

十一時に出勤してきた楠見が、満希を呼んで言った。

「フロアですか？」

楠見は頷いただけで更衣室に入ってしまった。

ちょっと待ってよ。私は厨房見習いで入ったんだから、それじゃ話が違うでしょうが。

心の中で文句を言ったが、否《いや》も応もなかった。この店では楠見の命令は絶対なのだ。

ＩＣＩＦでは一応サービスの研修も受けたが、調理人志望だったのであまり身についていない。

急にフロアに回されても……。

満希は店内を見回した。五十もあるテーブルをどうやって見分ければ良いのだろう。

まあ、今日一日のことだから、何とかなるさ。

フロアスタッフの制服は男女共に白いシャツと黒いパンツ、そしてソムリエエプロンという名の黒い前掛けで、ソムリエはロング、それ以外はショート丈だった。しかし、小柄な満希にはあまりショートではなかった。

とにかく、懸命にテーブルの番号を覚え、その日のお勧め料理とグラスワインを頭に叩き込んだ。

しかし、そんなにわか仕込みでは本番の役に立たない。

十時が近づいた頃、フロアを埋める客の顔ぶれに、満希は目を見張った。テレビでよく見る顔がそこここにいる。タレント、歌手、女優、モデル、文化人。こんなに大勢の有名人を間近に見るのは初めてだった。

「ねえ、この仔牛《こうし》のロースト、カサーレ風とローマ風は、どう違うの？」

オーダーを受けて客席を離れたところで、別の客に呼び止められた。客を見て、満希はギョッとして心臓が飛び上がりそうになった。なんと、人気絶頂の若手俳優ではないか。おまけにカリスマ的人気の女性シンガーと同席している。

「あ、あの……」

カサーレはピエモンテにある町だ。ＩＣＩＦの研修でも作ったことがある。スラスラ出てくるはずの説明が、頭のどこかにすっ飛んでしまった。

「お客様、カサーレ風は塊のお肉をオーブン焼きしたもので、ローマ風は卵とハムとホウレン草を薄切りのお肉で巻いたものを、オーブン焼きしてございます」

フロアの先輩がさっとそばに来て説明してくれた。満希はあわてて頭を下げ、その場を離れた。しかし厨房にオーダーを通そうとして、受けた注文をすっかり忘れていることに気が付いた。

「お前、もう上がれ」

楠見が厨房から鬼のような形相で命じた。


満希は焦っていた。ジュリオに見習いで雇われてから三ヶ月になるというのに、まだ厨房に立たせてもらえなかった。フロア見習いが辞めてしまったので、満希はフロア担当のままだった。フロアに向いているから回されたわけではなく、厨房にいられても邪魔だから追い出されたに等しい。

料理の各担当者たちは経験十分で、ジュリオの味を身につけている。戦場のように忙しい店では、新入りに一々教えるのは面倒だし、素人に手を出されては迷惑なのだろう。フロアの担当者も同様で、皆ジュリオで三年以上働いている。客の好みや癖を熟知していて、料理の説明も上手かった。

それにしても、どうしてこう何もかも上手く行かないのだろう。料理にしても、接客にしても、本当はもっと出来るはずだ。現に、ＩＣＩＦにいた頃は……。

今になると、マルティーナ・フランカで自分が「特別扱い」されていたことが良く分る。みんな親切で、何でもよく教えてくれて、前菜からデザートまで作らせてくれたのは、満希がＩＣＩＦから派遣された研修生だったからだ。金を払って雇った人間ではなかったからだ。

しかし、ジュリオは満希を雇ったのだ。手取り足取り教育する義務はない。仕事は教わるのではなく、自分で覚えなくてはならなかったのだ。

「スオー、フロアに新人が入るから、明日から厨房に戻れ」

楠見にそう告げられたのは、フロアに回されて三ヶ月と十日が過ぎたときだった。

「はい！」

喜び勇んで厨房に戻ったものの、結果は初日と変らなかった。

満希は相変わらず皿洗いと掃除、食材の下ごしらえとブロードの火の番くらいしかさせてもらえなかった。横目でチラチラ先輩たちの調理の手順を盗み見ても、実践が伴わなければ身につかない。

私は本当は、もっと出来るのに。

気ばかり焦るが、解決策は見つからない。

このままじゃダメだ。このままじゃダメになる。

満希は進むべき道を決めた。

「私、本日限りで辞めさせていただきます」

いきなり切り出したが、楠見はまったく驚かなかった。きっと予想していたのだろう。何の感情も見せずに頷いただけだった。

「これから、もう一度イタリアへ行って修業して来ます」

その時初めて、わずかに眉を吊《つ》り上げた。

「今度こそ、ちゃんとした料理人になって戻ってきます。そうしたら、また楠見さんの店で働かせて下さい」

「何年先の話だよ？　鬼が困るだろ」

楠見は明らかにバカにしたように笑った。

今に見てろよ。絶対にギャフンと言わせてやるからな。

自分の心に言い聞かせ、満希はまっすぐに楠見の目を見返した。

蘇芳満希が食堂メッシタを開く、十三年前の春だった。

第五章　アモーレ・マンジャーレ

「ミネストローネ作るとこ、見に来る？」

満希《まき》から電話があったのは二〇一七年の一月十一日だった。

「うん、行く、行く」

二つ返事で笙子《しょうこ》は応じ、翌日の午後、自由が丘にほど近い満希の自宅にやってきたのだった。

満希は毎年、年末はギリギリまで店を開け、年始は十日以上休みを取る。そして、休暇はずっとイタリアで過ごす。満希はそれを「里帰り」と称している。

イタリアで何をするかと言えば、食べ歩くのだという。フィレンツェ、シチリア、ナポリなど、想《おも》い出深い土地に連泊し、昼も夜もお気に入りの店に通って食べまくる。全身イタリアンで染まるまで食べ尽くすのだという。

だから、年末には過労気味でほっそりしていたのが、年明けの開店初日には少しふっくらしている。

「で、新年最初に作る料理がミネストローネ。これはお店用じゃなくて、私が食べるため。もう、儀式みたいなもん」

満希はそう言いながら、野菜を切っている。赤タマネギは薄切りに、人参《にんじん》とセロリは小口切りに。オリーブオイルを引いた鍋に半切りにしたニンニクを入れ、野菜を炒《いた》め始める。

すでにブロードは作ってあった。骨付きの鶏肉《とりにく》をミネラルウォーターで一時間半ほど煮て漉《こ》したスープだ。

「何で赤タマネギを使うの？」

「普通のタマネギだと甘味が強くなり過ぎちゃうから」

笙子はメッシタで食べた「白子ソテー、縮緬《ちりめん》キャベツと」を思い出した。ブロードでさっと煮た縮緬キャベツはイタリア産で、わざわざイタリア産を使うのは、日本のキャベツは甘味が強すぎるからだと言っていた。

調理台にはそれ以外にも野菜がどっさり載っていた。ジャガイモ、ズッキーニ、インゲン、芽キャベツ、アスパラ、そして水で戻した白インゲン豆。ズッキーニとインゲン、それに大ぶりに切った黒キャベツもイタリア産だ。

「黒キャベツ入れるのはトスカーナ風。これと赤タマネギは外せない決まり事」

鍋に黒キャベツを加えて炒めながら満希が言った。

満希が作る料理には鉄則が二つある。その一つが「イタリアの韻を踏んでいる」と言うことだ。同じ料理が、イタリアの何処《どこ》かに存在すること。アレンジが違っていても、イタリア料理の発想であること。つまり、イタリア人が食べても「イタリア料理」と思える料理であることだった。毎年イタリアへ「里帰り」するのは、身体《からだ》中に「イタリアの味」を浸透させるためなのだろう。

黒キャベツがしんなりしてくると、ブロードと水を一リットルずつ入れ、軽く塩を振った。もう一つの鉄則が「塩で味を決める」ことだ。塩は料理の味付けだけでなく、素材の旨味を引き出す役目をする。満希は「塩がすべて」と言い切っていた。

満希が素材に塩を振るところを見ると、笙子は厳粛な気持ちになる。一つまみの量が少ない。計ったら六分の一グラムだった。それを何度も、丁寧に振り重ねる。ブロック肉に塩を打つときも、一度に大量に振るのではなく、少しずつ、何度も何度も一つまみの塩を振って行く。卵三個ならば、一度に三個分ではなく、一個に対して五回ずつ振る。決して横着はしない。

「その方が正確に打てるから」

確かに手間は掛かる。だが、塩加減で失敗することがない。強すぎることもなければ、後から塩を足すこともない。満希は予定外の塩を追加することを「ビビり塩」と言ってバカにしていた。

残りの野菜をすべて鍋に入れ、二回目の塩を振った。

「これで野菜に火が通ったら出来上がり」

「トマトは入れないの？」

「私はね。塩で素材の旨味が十分に引き出されていれば、それで十分だと思う。トマトやチーズは、お好みでどうぞって感じかな」

満希はガスの火を止め、鍋に蓋《ふた》をした。

「本当は一晩置いた方が味が染みて美味《うま》いんだけど」

「え〜、じゃ、今は食べられないの？　そんな殺生な」

「だよねえ」

満希は笑ってスープ皿を取り出した。

「私もつい食べちゃうんだ。ま、明日の分は残ってるから」

満希はスープ皿によそったミネストローネに、オリーブオイルをたっぷり掛けた。

「イタリア料理のオリーブオイルって、ラーメンの胡椒《こしょう》みたいなもんかしら？」

「うん、そんな感じ。ないと味が締まらないって言うか、物足りないよね」

満希の住まいは小ぎれいなマンションの二階、眺めの良い１ＬＤＫだ。自由が丘から徒歩二十分ほどかかるが、隣家が地主で庭が広いので借景を楽しめる。

笙子は台所の食器棚から大皿を出し、自由が丘の人気パン店で買ってきたパンを載せた。この部屋を訪れるのは五回目なので、勝手知ったる他人の家だ。シンプルなバゲット、デニッシュと総菜パンを三種類。残りは明日の満希の朝食になる。

ミネストローネは満希の言うとおり、野菜の旨味が濃縮された滋味深い味わいだった。たっぷり掛けたオリーブ油は味にコクを添えるだけで、全然しつこくない。

「これとバゲットだけで、十分満足できちゃうわね」

「うん」

満希はスプーンで野菜をたっぷりすくって頷いた。

「それに、これ、胃に優しいの。イタリアで働きすぎた胃袋がゆっくり休める感じ。これ食べると、明日から頑張って働こうって気になる」

明日からメッシタはまた開店する。忙しい日々の始まりだ。

「メニュー、もう決まってるの？」

「半分くらい。後は仕入れが済んでから、明日考える」

「ねえ、白子のフリットかソテー作って」

「宮本《みやもと》さん、ホント白子好きだねえ」

「うん。私、どんなに辛《つら》いことがあっても、白子とあん肝があれば乗り越えられるもん」

満希は声を立てて笑った。

「それにしても、イタリア料理で白子が出てビックリしたわ」

「魚食べる国は、だいたい内臓全部使うよ。イタリアも、内陸ではあんまり魚食べないけど、港町は日本と同じ。食べられるところは無駄にしない」

「二回目にイタリアに行ったときは、フリウリ……だったっけ？」

「最初はね。それからトスカーナ、ロンバルディアと回った」

「地図で見ると、二度目は内陸中心ね」

「最初から狙ってたわけじゃないけど、自然とそうなっちゃった」

「修業するお店はどうやって決めたの？」

「飛び込み」

「事前に下調べとかして行ったんじゃなくて？」

「うん。現地へ行ってレストラン食べ歩いて、一番美味い店見付けてお願いした。働かせて下さいって」

笙子は呆《あき》れてしばし満希の顔を眺めた。

「無鉄砲ねえ」

「そんなことないよ」

満希は平然と答えた。

「まず食べてみなくちゃ、分らないじゃない。好きな味かどうか。それに、下準備もしたよ」

再度イタリアへ渡航する前、語学学校に通ってイタリア語の特訓を受けたのだという。

「あら、でも、半年イタリアで研修する間に、ある程度しゃべれるようになったんじゃないの？」

「幼稚園児程度にはね。でも、そんな語学力じゃ相手に信用してもらえないじゃない。料理する上でも、言葉って大事だよ」

笙子は今度は感心した。満希は満希なりに深く考えて、イタリア修業に懸けていたのだ。

「最初の時とは気持ちが全然違ってた。追い詰められたって言うか……背水の陣ってやつ？」

さもあろうと笙子は頷いた。きっと、目つきも顔つきも変っていたに違いない。だからレストランのオーナーたちは、飛び込みで志願してきた若い東洋人を、厨房《ちゅうぼう》スタッフに迎えてくれたのだ。

フリウリ＝ヴェネチア・ジュリア州はイタリアの北東部、長靴の右の付け根にある。イタリアに五つしかない自由自治州で、南はアドリア海、東はスロベニア、北はオーストリアに接している。過去にオーストリア・ハンガリー帝国の支配下にあった時代があり、料理にもモグラーシュなど、東欧の影響が残っている。

ちなみに州の面積の大部分を占めるのはフリウリ地方だが、州都トリエステはヴェネチア・ジュリア地方の貿易港である。

満希が門戸を叩《たた》いたのは、フリウリ地方の中心ウディネ市の「リストランテ・グリオンス」という星付きレストランだった。リベルタ広場からほど遠からぬチヴィダーレ通りに一八六〇年から店を構えている老舗レストランで、伝統的なフリウリの郷土料理を洗練された味付けで提供しつつ、新感覚の創作料理でも評判を取っていた。まさに、満希の求める理想像に近かった。

前菜のカブのビネガー・スペック風味、ポルチーニを詰めたニョッキ・リピエーニ、干鱈《ほしだら》のフリウリ風（アンチョビー風味のグラタン）と豚すね肉のロースト、デザートのストゥルーデルまで、どれも素晴しく美味《おい》しかった。特に、伝統料理の手順をキチンと踏んで調理していながら、現代人には重すぎる味付けを加減して、軽目に仕上げているセンスに感心した。

満希は食事を終えるとウェイターを呼び「大変美味しかったのでシェフにご挨拶《あいさつ》したい。呼んでいただけないか」と頼んだ。

「それはシェフも喜ぶでしょう」

ウェイターは笑顔で厨房に引っ込んだ。

すぐに恰幅《かっぷく》の良い中年のシェフが客席にやってきた。満希が料理の感想を言うと、大袈裟《おおげさ》なくらい喜んでくれた。そしてイタリア語が上手《うま》いと褒めた後で、最後に付け加えた。

「残さず全部食べていただいて嬉《うれ》しいですよ。日本の女性は小食で、フルコースを頼まない人が多いが、シニョリーナは特別ですね」

料理人は沢山食べる客が好きだ。満希を見るシェフの目にも好意が溢《あふ》れている。今がチャンスだ、と満希は勇を鼓した。

「マエストロ、私はイタリア料理のシェフを目指しています。ＩＣＩＦで研修を受けた後、日本の一流リストランテで働いていました」

嘘《うそ》は言っていない。一流の店トラットリア・ジュリオで働いていたのは事実だ……使い物にはならなかったが。

「ああ、なるほど」

「でも、私はまだイタリア料理の神髄から遠く隔たっています。少しでも近づくために、もう一度イタリアにやってきました。どうか私をあなたの店で働かせて下さい」

シェフは明らかに戸惑って、目をパチクリさせていた。

「明日の午後、履歴書を持ってこちらに伺います。どうか、検討して下さい。私はあなたの料理が好きなんです」

満希は深々と頭を下げた。


結局、翌日の面接で、満希はリストランテ・グリオンスに採用されることになった。

シェフはグイド・ポヴォレットという名で、グリオンスのオーナーだった。採用してくれた理由は、まずＩＣＩＦで研修を受けたこと、イタリア語が普通に話せること、そしてやはり第一印象が良かったからだろう。料理について見当違いなことを言っていたら、門前払いされた可能性が高い。

グリオンスには前菜・パスタ・肉料理・魚料理・デザートの各部門に二名の担当者がいた。満希は最初魚料理のアシスタントだったが、幸運なことに一月後、肉料理の担当者が独立したため、後任に任じられた。

グリオンスは肉料理がメインのレストランだ。一日に仕入れる種類も量もジュリオを凌駕《りょうが》していた。仔牛《こうし》・豚・鶏・羊などの色の薄い肉はカルネ・ビアンコ、牛やジビエ類など色の濃い肉はカルネ・ロッソと呼ばれるが、それぞれ部位毎に調理法が違う上、内臓もある。すべてキチンと把握して下処理を施すだけでも、慣れるまでは大変だった。

肉料理は西欧料理の華である。そこで大量の肉と格闘するうちに、小手先の技術ではなく、イタリア人の感覚が分るようになってきた。肉を食べて育ってきた人たちの、肉に対する普段着の感覚だ。日本人の米に対する感覚と近いかも知れない。

だいたいに於《お》いて肉、特に牛肉は脂身を外して調理された。イタリア人は毎日肉を食べるので、脂を摂取する量を抑えるためだ。仔牛が好まれるのも牛肉に比べて脂肪分が少なく、カロリーが控えめだからだった。

そして、肉を叩いて薄くする作業が非常に多かった。薄切り肉を焼いただけでは噛《か》んだときに旨味《うまみ》がないという。必ず少し厚目に切り、縮む分を計算に入れて肉叩きで叩くのだ。グリルやソテーにはこの叩く作業が必須だった。

そして、煮込み料理も決して「トロッと柔らかく」仕上げてはならない。煮込み料理は「噛みきるのに固すぎるから」という発想で作られる。だから煮込んだ肉も必ずナイフ・フォークで切り分けて、噛んでしっかり肉の旨味を味わえなくてはならないのだった。

「トロッと柔らかい肉」が肉として失格だと聞いて、満希は思わず耳を疑った。肉は柔らかくて、箸《はし》で切れるようなものが最上だと、ずっと思い込んできたのだ。まさに目から鱗《うろこ》が落ちる気分であり、コペルニクス的転回を目の当たりにした気分でもあった。

グリオンスの賄《まかな》いでよく出たのが、ウサギ・鶏・豚など白い肉を組み合わせて白ワインとブロードで煮込んだ料理。野菜はタマネギとセロリとニンニクが入る。この煮込みには必ずマッシュポテトが添えてあって、煮汁を吸い込んだマッシュポテトがまた美味い。肉の旨味とジャガイモの甘味、バターと牛乳の濃厚な風味が溶け合って、いくらでも食べられる。

夢中でかき込みながら、満希はふと、金目鯛《きんめだい》の煮汁の沁《し》みたご飯を思い出した。


満希はフリウリで一年間過ごした。ほとんど毎日、大量の肉に埋もれるようにして。やがて食べる人の感覚だけでなく、肉の季節感も感じ取れるようになった。

春から初夏、新鮮な若草を食べた乳牛は真っ白な乳を出す。それで作ったチーズや生クリームは、芳醇《ほうじゅん》でありながら爽やかだ。若草をたっぷり食べた後で屠《ほふ》られた仔牛も、どこか爽やかな風味がある。

魚に旬があるように、肉にも旬があるのだと、満希は実感した。

グリオンスで働いていた頃、満希は住んでいたアパートの近くにあるバールに通い詰めていた。初老の夫婦と中年の息子の三人でやっている小さな店で、客は近所の常連客ばかりだった。仕事が終わってからの夜食と、休みの日の昼と夜はそこで食べたので、ほとんど毎日通ったことになる。気取らない雰囲気と気取らない家庭料理の味が好きだった。

「マキ、明日休みだろ？　うちで夕飯を食べないか？」

店主が声をかけてくれたのは春の盛りのある日だった。

「嬉しい。ありがとう」

次の夜、「エラ」というその店の二階で、満希は山盛りの白アスパラガスと対面したのだった。優に五十本は超える量だ。それがテーブルの真ん中で大皿に載り、湯気を立てている。

「スゴい量ね」

満希は半ば呆《あき》れ、半ば圧倒された。「馬に喰《く》わせるほど」という形容詞が頭に浮かんだ。

「昨日、ゴリツィアのオヤジが売りに来たんだよ。値のつかないやつばっか集めて」

隣県ゴリツィアは農業の中心地だった。細すぎたり太すぎたり折れたりしたアスパラは市場に出せないので、オート三輪の荷台に積んで、個人的に売っているのだという。

テーブルには他に皿盛りの茹《ゆ》で卵・塩・胡椒・粉チーズ・オリーブ油・ビネガーが用意されていた。

「好きなだけ取って、好きなように食べて」

おかみさんが溶かしバターの壺《つぼ》をテーブルに載せて言った。

各人がアスパラを皿に取り、それぞれ好きなものを掛けて食べ始めた。溶かしバターであったり、ビネガーとオリーブ油と粉チーズであったり、まさに各人各様だ。

満希はこの時の光景が忘れられない。野菜が食卓の脇役でなく、主役になるのだと初めて知った。そして、好きなように、好きなだけ食べる自由さ。

この夜、満希の中のイタリア料理帳に、新たな一頁《ページ》が加わった。

満希は翌年、グリオンスを辞めた。ポヴォレットは慰留してくれたが、決心は変らなかった。待遇に不満があったからではない。新しい料理と出会うためだった。イタリア料理は郷土料理の集大成なのだ。それなのに、満希はまだ訪れたことのない土地が多すぎた。

トスカーナ州は、長靴のちょうど膝上《ひざ》、胴体中央よりやや北西に位置している。古来より農産物に恵まれ、特にオリーブ油とワインは名産地の誉《ほま》れ高い。州都フィレンツェはルネサンス文化発祥の地であると同時に、ビステッカ・フィオレンティーナ、インゲン豆のスープ、トリッパなど、イタリア料理を代表する料理を生んだ街でもあった。

満希が選んだ修業先はフィレンツェの「イル・ヴェッキオ」というレストランで、店はサンタ・マリア・デル・フィオーレ大聖堂とフィレンツェ・サンタ・マリア・ノヴェッラ駅の間にあるジリオ通りに面していた。創業からまだ五年ほどだが、開店の翌年に早くもミシュランの☆を取得したと、ICIFにいた頃聞いたことがある。

店の規模はグリオンスと同じくらいだったが、外観は正反対だった。グリオンスが伝統と格式を感じさせる年代物の建物だったのに対し、イル・ヴェッキオは近代的で無機質な新築ビルの中に店を構えていた。

満希はグリオンスからの推薦状と履歴書を手に、開店前の店を訪ねた。紹介者のいない、飛び込みである。

「グリオンスにいたのね」

女性オーナーのリタ・ヴェントーラは推薦状から目を上げて満希をじっと見つめた。料理人ではなくサービスが専門の人だが、イル・ヴェッキオをわずかの間に名店に仕上げたのは、店主であるリタの功績だった。料理人を見極める目と使いこなす度量を持ち、サービス内容を決め、店の雰囲気を作り上げた。

リタは四十代初めの金髪の女性だった。小柄で地味な容貌《ようぼう》だが、一代で名店を築いた人らしい風格が感じられた。

「分ったわ。働いてもらいましょう」

「良いんですか?」

あまりにも簡単だ。満希は思わず半オクターブ高い声を出した。

「明日から来てちょうだい」

リタはハッキリと頷《うなず》いた。

「ただし、あなたの腕前がこの店に相応《ふさわ》しくないと思ったら、即刻辞めてもらいます」

「もちろんです。どうぞよろしくお願いします」

こうして満希はイル・ヴェッキオの厨房に迎え入れられた。

この店もグリオンスと同じく料理の各部門に二名の担当者がいて、満希は肉料理の担当になった。とは言え、一番下っ端なので野菜の下ごしらえもしなくてはならない。店の人気メニュー

「カルチョフィと卵のオーブン焼き」のため、両手を真っ黒にして籠《かご》一杯のアーティチョークの掃除をしたのはこの時代だ。

　この店も毎日大量の肉を使う。内臓も含め、何種類もの大量の肉の塊と格闘する日々だ。さばく、焼く、煮る、揚げる。それを繰り返すうちに肉に馴《な》れ、手際が良くなり、スピードアップして行く。そのプロセスがグリオンスにいた頃より更に凝縮するのを、満希はイル・ヴェッキオで実感した。

　サービス部門のオーナーが経営する店は初めてだったが、戸惑うことはなかった。料理人だろうがサービス係だろうが、美味しい料理を提供する雰囲気の良い店を目指していることに変わりはない。

　リタは店主として奥に構えるのではなく、サービス係と一緒にテーブルの間をキビキビと動き回った。客の好みを見極めて、迅速で丁寧なサービスに努める。常連客には愛想を振りまくが、初めての客にも親切な対応を忘れない。

　リタのようなサービス係がいたら、きっとその店の料理はいつもより美味しく感じられるだろう……満希は厨房から客席を見る度に、そう思うのだった。

「マキ、このビステッカはレアとミディアムレアの中間くらいで」

「雉《きじ》のロースト・白トリュフとクリームのソースだけど、いつもよりニンニクを控えめで」

　厨房に注文を通すときも、リタから細かい指示がついた。満希はそれを煩《わずら》わしいとは思わなかった。むしろ嬉しかった。毎日少しずつ知識が広がってゆく。

休日には手軽なバールやオステリア（旅館兼レストラン）で食事をした。高級レストランでは出さない素朴な料理が中心で、飾り気のない盛り付けで出される家庭料理がまた美味しく、その度にイタリア料理の奥深さをしみじみと感じるのだった。

定番で出てくる前菜に、トーストにバターとアンチョビを載せたものがある。料理と言えるような代物ではないが、発酵バターの豊かな風味とアンチョビの塩気と旨味がトーストに絡み、口の中で渾然《こんぜん》と溶け合う味わいは、病みつきになる。

満希はいつも「こんな簡単なものがどうしてこんなに美味いんだろ？」と思いながら、注文せずにいられなかった。


「マキ、今月から肉料理のチーフはあなたにやってもらうわ」

リタからメイン料理の主任に抜擢《ばってき》されたのは、イル・ヴェッキオに入店して二ヶ月半が過ぎた頃、一九九九年の冬だった。

驚いたが、それ以上に喜びが大きかった。確かに調理の腕が上がっているのは自分でも感じていたが、チーフのサッコは創業以来の料理人なので、それを差し置いて主任になれるとは考えていなかった。

「サッコには気の毒だけど、納得してもらうしかないわ。私は、今年は二つ星を狙っているの。

サッコの腕では、今以上の星は望めない。私は現状に甘んずるつもりはないから」

ミシュラン二つ星……！

満希は一瞬で身の引き締まる思いがした。身体の奥から震えが来そうだった。怖《お》じ気《け》づいたのではない。武者震いだ。思いがけず転がり込んだチャンスに、喜びで身体が震えるのだ。

「二人で二つ目の星をつかみましょう。よろしくね」

リタが右手を差し出した。

「はい！　絶対にやり遂げます！」

満希はその手を両手でしっかり握りしめた。

星は待っていてもやってこない。引き寄せるにはどうしたら良いか？

満希がリタと相談して着手したのはメニューの刷新だった。人気の定番メニューは残し、それ以外のメニューを新しい料理に変えることにした。新規な料理にするのではない。あくまでもイタリア料理の伝統を踏まえていて、これまでイル・ヴェッキオが扱わなかった料理に限る。例えば同じトスカーナ州のフィレンツェ以外の地方、ルッカ、ピストイア、シエナ、アレッツォ、ピサ、リヴォルノなどの伝統料理を取り入れることにした。

その結果、三分の一が新メニューになった。

これで、今までのグレードを保ちつつ、新鮮な魅力もプラスすることが出来る。満希はその作戦に懸けた。

事件はその最中に起きた。

その朝、満希はいつも通り出勤した。出入りの業者が配達する食材をチェックし、翌日の注文を伝えた。まず魚介類に下処理を施し、ブロードを煮始め、いよいよ肉の下ごしらえに掛かった。

冷蔵庫から牛ヒレ肉のバットを取り出したとき、異変を感じた。乾燥しないように、バットは厳重にラップで覆われていたが、かすかに異臭が漏れた。

「……！」

あわててラップを剝《は》がした瞬間、危うく悲鳴を上げそうになった。

「何だ、これは！」

後ろで厨房のスタッフが叫んだ。

バットの底に黒い水溜《みずた》まりが淀《よど》んでいた。臭いからするとインキらしい。肉にぶっかけたのだろう。

「ロースト頰肉《ほほにく》、それから仔羊と鶏も出して！」

スタッフがそれらのはいったバットを冷蔵庫から引っ張り出した。どれもインキまみれだった。

満希は咄嗟《とっさ》に周囲を見回した。サッコの姿がない。さっきまでいたはずなのに。

「サッコは？」

スタッフたちは戸惑いを隠せない表情で顔を見合わせている。

「どうしたの？」

リタが入ってきた。

「これは……」

リタの顔がさっと青ざめた。満希も血の気を失っていたが、自分では気が付かない。

「仕込みに入ろうとして冷蔵庫を開けたら、この状態でした」

「他の食材も確認して」

「肉以外は異常ありません」

冷蔵庫の中はスタッフたちが点検していた。

「とにかく、すぐに肉を用意しないと」

リタは眉間《みけん》にシワを寄せ、唇を噛んだ。

「リタ、今日の分はバラバラに買いに行っていたら時間のロスです。多少割高でも、街の肉屋で買いましょう」

「ええ。分った。当てはある？」

「うちの近所のエンリオ・ミニャーニという店が良いと思います。肉のレベルも高いですし、扱う部位も豊富です。今日だけなら、この店で賄えるはずです」

「ＯＫ。すぐに電話して」

イタリアの肉屋は主に三つに分れていて、個人が買いに行くのは街の精肉店、レストランなどが仕入れるのは市場の精肉店、そして鶏・馬・内臓などの専門店がある。街の精肉店はほとんど地元に密着した個人商店だが、それでも肉は基本的に塊で売られている。

満希は店に電話して、その日仕入れる部位を確保してもらった。休日に家で料理することはほとんどないが、たまに総菜類を買うので、店主とも顔見知りだった。

イタリアでは馴染《なじ》みの精肉店には事前に電話注文しておくことも多い。エンリオ・ミニャーニは店頭にさほど肉を並べていないが、それは事前注文の馴染み客が多く、店頭に並べる必要がないからだった。つまり、それだけ顧客が多いわけで、品物の質の高さの証明になる。

リタの運転する車で店に赴き、注文した肉を受け取った。店が仕入れた肉の半分近くを買い占める格好になった。

イル・ヴェッキオへ戻る途中、おもむろにリタが口を開いた。

「サッコの仕業ね?」

満希は黙って頷いた。実際にインキを掛けるところを見たわけではないが、心証というものがある。突然姿を消したのも怪しいが、主任の地位を奪われて以来、満希に良い感情を持っていないことは、日々感じていた。直接嫌みを言われたり嫌がらせをされたりはしなかったが、態度がよそよそしくなり、時には刺々《とげとげ》しくなった。

「私、悔しい」

満希は怒りと悔しさで泣く寸前だった。

「言いたいことがあるなら、私に言えば良いのに。食材に当たるなんて、料理人の資格がないわ。肉が可哀想《かわいそう》」

「私だって、同じ気持ちよ」

赤信号で停車すると、リタはハンドルから片手を外し、満希の手をそっと叩いた。

「でも、サッコは大バカよ。割に合わないことをしたものね。もうどの店も雇ってくれないわ。少なくともフィレンツェでは」

リタは前を見つめ、きっぱりと言った。

「マキ、これは内輪もめ。店に来て下さるお客様には関係ないわ。だから忘れましょう。そして、美味しい料理を作りましょう」

「はい」

満希も前を見てしっかりと頷いた。

その年、イル・ヴェッキオは秋に発売された「ミシュラン　レストランガイド　イタリア版」に於いて、見事二つ目の星を獲得したのだった。

「良かった！」

「マキ、ありがとう！」

リタは満希を抱きしめて何度もグラッチェを繰り返した。満希も感激で胸が熱くなり、ほとんど泣きそうだった。

しかし、満希は翌二〇〇〇年、イル・ヴェッキオを離れた。リタのことは大好きで尊敬していたし、店に対する愛着もあった。名残は尽きなかったが、満希にはまだ達成すべき目標が残っていた。イタリア料理を極めるために、避けては通れない関門があったのだ。

春が訪れる前に、満希は最後の街、ミラノへ旅立った。

ロンバルディア州は長靴の付け根の中央に位置する土地で、中世以降はミラノ公国として栄えた。州都ミラノにはすでに十三世紀に千のタヴェルナ、百五十のオステリアがあったと記録されている。現在は北イタリアのみならず、ヨーロッパの商工業の中心地だ。

一方、昔から農業・酪農《らくのう》も盛んで、米・バター・チーズの生産量が多い。ゴルゴンゾーラ・タレッジョ・クゥアルティローロ等のチーズはイタリア料理に欠かせない素材であり、野菜はアスパラと縮緬キャベツが名産だ。そしてオッソブーコ、仔牛のカツレツ、リゾットなど「ミラノ風」と名のついている料理は、イタリア料理の定番として世界中に知られている。

多くの日本人にとって、ミラノはファッションと美術の街、関心があればオペラとサッカーが加わる程度だが、満希は料理以外目に入らなかった。

訪れたのはミラノ大聖堂からほど近い、高級ブランド店の建ち並ぶモンテ・ナポレオーネ通り、その一本裏に店を構えるリストランテ「クオーレ」だった。

創業一九〇〇年の老舗で、かつては三つ星店だったが、二十年前からミシュラン掲載を拒否している。味が落ちたわけではなく、店主が評価に不信を抱いたのが原因だった。そのことでかえって世間の評価は高くなった。

満希は店の前に立って深呼吸した。ここがイタリア料理修業の最終地点と思うと、どうしても肩に力が入る。

店は歴史を感じさせる古びた建物で、意外と間口が狭かった。ドアを開けると、鰻《うなぎ》の寝床のように奥行きが深い。

「こんにちは。突然失礼します。オーナーのモレノさんにお目に掛かりたいのですが」

応対に出たのは若いサービス係だった。満希はイル・ヴェッキオからもらった推薦状を渡し、店主に取り次いで欲しい旨頼んだ。

一度店の奥に引っ込んだ青年は、しばらくして戻ってきて、奥の事務所に案内してくれた。

クオーレの店主フェデリコ・モレノは六十代半ばだろう、きれいな銀髪の紳士だった。白衣ではなく背広を着ているのは、オーナーが料理人ではなく支配人を兼ねているからだ。この人もまた、大層な風格が漂っていて、満希は思わず緊張した。

「推薦状は読みました。立派な経歴です」

モレノはじっと満希の顔を見て言った。虹彩《こうさい》は灰色に近い色で、見つめられるとますます緊張した。

もし断られたらどうしよう？

緊張のせいか、つい弱気が出る。奥歯を食いしばって弱気の虫は噛みつぶし、無理矢理自分に言い聞かせた。

ダメだったら別の店を探せば良い。当たって砕けろだ。

「明日から来られますか？」

「ハイ！」

満希は喜びのあまり椅子《いす》から立ち上がり、ぴょこんと頭を下げた。

「ありがとうございます。よろしくお願いします！」

「よろしく」

モレノは初めて笑顔を見せた。


クオーレでは前菜・パスタ・魚介・肉・デザート、それぞれの部門に三人の担当がいた。満希はすぐに肉料理のサブに任じられた。

サービス部門には係が八人いて、モレノの息子のルイジがソムリエを務めていた。当然ながら、ルイジは店の後継者である。

満希はここでも初日からフル・スロットルで働いた。

ロンバルディア州にはミラノの他、ベルガモ、ブレーシャ、クレモーナ、マントヴァ等、幾つもの地方都市がある。それぞれの地方に伝統の郷土料理があり、またヴェネチア共和国の支配を受けていた地方にはヴェネト料理の、南のエミリア・ロマーニャ州と接する地域ではその料理の影響が強い。

日々の仕事以外にも、吸収すべき知識は果てがないほどあった。そのすべてが、満希には喜びだった。

それは肉料理の主任がインフルエンザで休んだ日のことだった。

「マキ、手が空いたらちょっと挨拶に来なさい」

モレノが厨房に声をかけた。手を拭《ふ》いてホールに出ると、客席に連れて行かれた。店の中でも上席に当たるテーブルで、男女四人が食事していた。一組の男女は五十代、もう一組は三十そこそこという印象だった。全員とても洗練されているのが、ひと目見て満希にも分った。柳瀬薫《やなせかおる》と雰囲気が似ていた。

「ペッツォーリ様、本日の肉料理を担当したマキ・スオーでございます」

モレノが若い方の男に満希を紹介した。ペッツォーリと呼ばれた男はちょっと意外そうな顔をしたが、そういう反応にはもう慣れっこだった。イタリア人から見ると満希は中学生なのだ。

「コストレッテ・デル・プリオーレ（仔牛骨付き肉のソテー僧院長風）、とても美味しかった。火の通し方も良いし、ソースの味も絶妙だね。付け合わせのリゾット・ビアンコも結構だった」

「ありがとうございます」

満希は頭を下げて神妙に礼を言った。

「クオーレも日本人を雇うようになるなんて、時代は変るわね」

年配の女が言うと、客たちが同感を示して頷いた。

「彼らは大変勤勉で勉強熱心ですから。ファッションでも、料理でも、カルチョ（サッカー）でも」

モレノが如才なく答えた。ちょうど中田《なかた》英寿《ひでとし》がペルージャからローマへ移籍して話題になっていた頃だった。

「ペッツォーリさんて、お得意様なんですか？」

仕事が終わってからモレノに訊《き》いてみた。

「とても。おじいさんの代からご贔屓《ひいき》にしていただいている」

「ミラノでも指折りの一族だよ。繊維産業で大儲《おおもう》けして、有名ブランドを幾つも傘下に収めてる」

ルイジが補足してくれた。いくつか挙げた名前の中に、満希でも知っている婦人服のブランドが二つあった。

へえ。金持ちなんだな。

感想としてはそれだけで、次の日には忘れていた。

ところが三日後の夕方、店の定休日に、大聖堂の横の百貨店リナシェンテで、満希はペッツォーリとバッタリ出会った。婦人服売り場だった。男性のペッツォーリがそんな場所にいたのは、商談で訪れたのだろう。

ペッツォーリは満希を見ると、気さくに声をかけて近づいてきた。

「買い物？」

「……いえ」

本当はデパートのトイレを借りたのだった。イタリアでは駅毎にトイレが設置されているわけではない。

「今日は、店は？」

「休みなんです」

せっかくの休みに一人で何をしているのかと訊く代わりに、ペッツォーリはコーヒーショップに誘ってくれた。歩き回って喉《のど》が渇いていたので、満希はありがたくご馳走《ちそう》になった。

「休みの日はいつも何をしているの？」

「食べ歩きです」

ミラノには飲食店が多い。一軒でも多く店に入って味を確かめたい。そして料理の引き出しを増やしたい。高級店は無理だが、トラットリアでも美味しい店は沢山あるから……。

そんなことを話すと、ペッツォーリは突然閃《ひらめ》いたようにパチンと指を鳴らした。

「じゃあ、今夜は高級レストランに連れて行ってあげるよ」

「いえ、結構です」

あわてて辞退した。ミラノで一、二を争う金持ちと二人で食事をするのは気詰まりだった。

「遠慮しなくて良いよ。僕だってどうせ夕飯は食べなくちゃならない。それが君のイタリア料理の勉強に役立つなら、実に有意義じゃないか」

固辞したものの、結局押し切られる形で夕食をご馳走になった。

連れて行ってくれた店はミシュラン二つ星の「サドレル」。高いことでも有名だった。店は厨房がガラス張りで、外の通りからも見えるようになっている。それだけ自信があるのだろう。店内はシンプルだが高級感が漂い、個室も用意されている。その個室に通されたので、満希はどうにも居心地が悪かった。

「ここはコースじゃなくて、アラカルトがお勧めだよ」

ペッツォーリがメニューを広げて満希に微笑《ほほえ》みかけた。

背が高くてハンサムでマロングラッセの色の髪とコモ湖の色の目をしている。イタリアは何処《どこ》を向いてもモデル級の美男美女がうようよしているので、今はもう免疫が出来てしまって驚かないが、ＩＣＩＦにいた頃なら「あらら〜」と思っただろう。

メニューに目を転じると、俄然《がぜん》意欲と食欲が湧《わ》いてきた。この機会でなければ一生食べられない料理かも知れない。特にラビオリと豚肉料理に心惹《ひ》かれ、遠慮なく注文した。

二人きりの食事は、少しも気詰まりではなかった。ペッツォーリが社交的な性格で、満希がサドレルの料理に夢中だったからだろう。それでも食事が終わる頃には「ラウル」と名前で呼んでいた。

翌日の夜、仕事を終わってアパートに帰ると、ラウルから電話が掛かってきた。

「今度の休みにカルチョに行かないか？　サン・シーロに契約シートがあるんだ」

サン・シーロは正式名称をジュゼッペ・メアッツァ・スタジアムと言うサッカー専用スタジアムで、ミラノが誇る二大サッカークラブ、ACミランとFCインテルの本拠地となっている。

「行く！　行く！」

満希は二つ返事で承知した。カルチョの国にいるのに、考えてみれば一度もサッカーを見に行ったことがなかった。

当日はラウルがアパートまで迎えに来てくれるという。

「わざわざ来てくれなくても、近くの駅で待ち合わせれば？」

ラウルは呆れた声で答えた。

「会えるわけないよ。ものすごい混雑だから」

ラウルの言う通りだった。試合当日、最寄りの地下鉄1号線ロット駅はインテルのユニフォームの青と黒の縞《しま》模様で溢れかえり、無料のシャトルバスが運行しているにもかかわらず、スタジアムまでの道は人、人、人の波で埋め尽くされていた。

スタジアムに着くと、ラウルがTシャツの上からインテルのユニフォームを被《かぶ》ったので、満希は唖然《あぜん》とした。

「もしかして、インテルが好きだったの？」

「当たり前さ。うちはひい爺《じい》さんの代からインテリスタだ」

案内された席はメインスタンドの一階だった。一番高い席である。日本の金持ちが国技館に枡《ます》席《せき》を持っているように、イタリアの金持ちはスタジアムの特等席を年間契約しているのだった。

その試合は最終節に近く、インテルは永遠のライバル・ミランと三位争いをしている最中だったので、スタジアムは異様な盛り上がりを見せた。周囲の観客はほとんど全員、老若男女を問わず、チャンスと見れば立ち上がって声援を送り、シュートを外せば頭を抱えて唸《うな》り、相手チームのチャンスや審判の不利な判定には人差し指を立ててブーイングを繰り返す。

隣の席のラウルまで立ったり座ったり喚《わめ》いたりするので、満希は思わず腰が引けた。

この人、こういう人だったっけ？

しかし、一人で石のように座っているのも悪い気がして、見様見真似《みまねみ》で応援に参加することにした。やってみると意外と面白かった。周囲との一体感も快いし、大声で叫ぶのはストレス発散にもってこいだった。

ハーフタイムが終わって試合の後半が始まる頃には、満希もにわかインテリスタになっていた。選手の名前は一人も知らなかったが。

「あそこで審判が笛吹けば、フリーキックのチャンスだったのに」

試合が終わってからもラウルが判定にブツブツ言っているので、満希はおかしくなった。

「今夜はありがとう。すごく面白かった。お礼に夕飯は私がおごるね」

「それはいけないよ」

ラウルはあわてて首を振ったが、満希は聞かなかった。

「この前もご馳走になったんだから、今度は私がおごる番よ。行きつけの小さい店なの。値段は安いけど味は保証付き」

そして笑って付け加えた。

「でもユニフォームは脱いでね。そこのオヤジ、ミラニスタだから」

満希はラウルをアパートの近くのオステリアに引っ張っていった。居酒屋に毛の生えたような店だが、店主夫婦の作る家庭料理が美味しくて、店が終わってから夜食を食べに通っていた。

「今日は二人かい？　珍しい」

店主がカウンターの向こうでウインクした。

「うん、友達」

満希は気軽に答えてラウルを振り向いた。コモ湖の色の瞳《ひとみ》がじっとこちらを見つめている。突然、満希は全身の血が沸騰して頭に上るような気がして、あわてて目を逸《そ》らした。

恋は落ちるものだ。出くわすものだ。地震のように、津波のように、もらい事故のように。逃げることも避けることも出来ない。

満希も恋に落ちた、ラウル・ペッツォーリと。

他人は満希がラウルを恋するのは当然だと思うだろう。女はみんな王子様が好きなのだから。しかし、ラウルが満希に恋をしたのは何故か、首をひねるだろう。もっと条件の良い相手は掃いて捨てるほどいるのだから。

しかし、満希はラウルが王子様であることを少しも歓迎していなかった。ラウルの一族の所有する多くの物……サン・シーロの特等席や幾つもの高級ブランドやミラノ中の人が知っている家名等々……が、満希とラウルを隔てている。普通のサラリーマンならどれほど気楽だろうと、何度も思ったものだ。

ラウルがどうして自分を好きになったのか、満希は考えたこともない。どうでも良かった。生まれてから一番好きな人が出来て、その人も自分を好きになってくれた。それだけが大切だった。

満希の休みに合わせてラウルも休暇を取った。ミラノ市街で過ごすことが多かったが、時には一泊で旅行に行った。まだ満希の行ったことのない街、ヴェネチア、ナポリ、ヴェローナ。イタリアは国中が観光地だから、訪れる先はいくらでもあった。

一番思い出に残っているのはモデナだった。そこの「オステリア・ルッビアーラ」で食べた自家製バルサミコ酢で煮た鶏が、信じられないほど美味だったのだ。満希の大袈裟な感激ぶりに、ラウルは小さな声を立てて笑った。

メッシタを始めてから、年始の「里帰り」でこの店のこの料理を食べたとき、まざまざとあの日のことを思い出した。何と言うこともないおしゃべりや、意味もなく浮かべた微笑や、見交わした眼差《まなざ》しのことを。

思い出は沢山は作れなかった。だから小さなことまで覚えているのだ。

ずっと後になって、ラウルは満希の単純さに惹かれたのかも知れないと、ふと思った。

満希は料理ひと筋で、それ以外の欲を持たなかった。料理の世界は単純で、美味いか不味《まず》いかだけが基準になる。嘘《うそ》偽りは通用しない。だから満希は正直だった。一切の虚飾と無縁だった。

ラウルを取り巻く世界は虚飾と表裏一体だった。そして、グループ企業の総帥の後継者という重責を担っていた。事業も人間関係も複雑に絡み合って、単純に割り切れることは何もなかった。だから、単純明快で真っ正直な満希に惹かれたのかも知れない。

「結婚してくれないか」

二〇〇一年の夏に、ラウルは言った。

「出来ない」

満希は答えた。

ラウルは切なそうに溜息《ためいき》を吐《つ》き、それ以上説得しようとはしなかった。無駄なことが分っていたからだろう。

その頃、満希はクオーレの調理主任に抜擢されていた。もう料理から離れることは出来なかった。だが、もしラウルと結婚したら、料理人を続けることは出来なくなる。お金持ちの奥さんを集めて趣味で料理教室を開くなど、とても考えられなかった。

そう思うと同時に、もし満希を妻としたら、ラウルもまた多くの犠牲を払わねばならないことが察せられた。それがこれからの将来、ラウルを縛る最も非情なしがらみとなるだろうことも、そのときの満希は直感的に悟ったのである。

私は、この人を解放しなくてはならない。沢山のしがらみの一つから。特に、恋という名の一番ひどいしがらみから。

「私、来月、日本に帰る」

ラウルは息を呑《の》んだ。

「もう、会えないのか?」

満希は黙って頷いた。

「ありがとう、ラウル。愛してる。絶対に忘れない。さようなら」

満希はくるりと向きを変えて、ラウルから遠ざかった。決心が鈍るのが怖くて、振り返ることは出来なかった。

第六章　再戦

店に入った途端、キッチン前のカウンターに腰掛けている女性客を見て、笙子《しょうこ》は思わず声をかけた。

「ヤマダさん、こんにちは。お久しぶりです」

「あら、先日はどうも」

ヤマダさんと呼ばれた女性も笑顔で挨拶《あいさつ》を返した。四十前後の眼鏡を掛けたスリムな女性で、知的な雰囲気が漂っている。お互い一人なので、笙子は隣の席を指さした。

「満希《まき》さん、ここ、良い？」

「はい、どうぞ」

カウンターの向こうから満希が答える。肉に塩を振っているところで、怖いくらい真剣な顔つきだ。

壁のメニューに目を遣《や》ると、しばらくご無沙汰《ぶさた》していたアーティチョークの卵焼きとハムカツが載っている。

「ええと、スパークリングワイン、ボトルで。お肉は鴨《かも》のロースト。シャンピニオンのパリ炒《いた》め。あとはアーティチョークの卵焼きとハムカツ下さい」

「あのう……」

ヤマダさんが遠慮がちに話しかけた。

「私、ハムカツ頼んだんです。よろしかったらお裾《すそ》分《わ》けしますから、別のもの注文なさったら？」

「ホントですか？　ありがとうございます」

笙子はあわててカウンターの向こうに言った。

「満希さん、ごめん。ハムカツやめて、ハマグリのクスクス下さい」

「クスクスですね？　はい」

笙子はヤマダさんと顔を見合わせて、共犯者のようにニンマリした。メッシタでは開店当初から何度も顔を合わせていたが、親しくなったのは一昨年の夏だった。

その日、笙子は友人と二人で店にやってきて、壁に書かれたメニューから「白イカとジャガイモとオクラのサラダ」「江戸前穴子の白ワイン煮・フィレンツェの茄子《なす》と共に」「素晴しい太刀魚《たちうお》のロースト」「トリッパ煮」「牛テールの赤ワイン煮」「ひな鳥のロースト」「鰯《いわし》のパスタ」を注文し、先に来ていたヤマダさんの隣の席に腰を下ろした。

しかし、注文を終えてから見直すと「トリッパ煮」の下に「揚げトリッパ」と書いてある。煮込んだトリッパはメッシタの定番メニューだが、揚げたトリッパは食べたことがなかった。

「揚げトリッパ、追加でお願い」

するとこ満希はいささか呆《あき》れた顔で眉《まゆ》をひそめた。

「もうトリッパ頼んでるでしょ。やめときなさいよ」

「ええ～、だって、揚げたの食べたことないんだもん」

「じゃあ、煮た方キャンセルで」

「それは困るわよ。大好物なんだから」

二人の子供じみた遣り取りを見て、ヤマダさんは小さく微笑《ほほえ》んだ。そして、微笑を浮かべたまま、前に置かれた揚げトリッパの皿を差し出した。

「あの、よろしかったら味見しません？　私、一人じゃ多すぎるし」

黄金色のトリッパは揚げたてで、ホカホカと湯気を立てていた。

「よろしいんですか？」

「すみません。ご馳走《ちそう》になります」

笙子と友人は遠慮なく揚げトリッパを味見させてもらった。柔らかく下処理されたトリッパが、フリッターのカリッとした衣をまとって、口の中でサクサクと弾《はじ》けた。ビールのつまみにピッタリだ。正反対の食感が、同じトリッパを別の味わいに変身させている。調理の妙技だろう。

お礼に二人は太刀魚のローストをお裾分けした。この料理は本日のお勧めで星がついていた。

太刀魚はもちろん築地で仕入れたものだ。メッシタには珍しくお洒落《しゃれ》な盛り付けで、細長い太刀魚の半身をローストした後、皿の上にクルクルとロール状に巻き、上に新タマネギのアグロドルチェを載せてある。太刀魚に施された絶妙な塩加減が、脂の乗った旬の旨味《うまみ》を極限まで引き出して、大自然の恵みに感謝したくなる一皿だった。

それが切っ掛けで、ヤマダさんとは店で顔を合わせれば挨拶し、言葉を交わすようになった。そしてお互いの料理を「お裾分け」する仲になった。ヤマダさんはいつも一人で来たし、笙子も一人が多かったので、注文しなかった料理をちょっぴり味見できるのはありがたかった。

そして、そうなってからも、相手の名前だけは知っているが、それ以上のことはよく知らない。どちらもメッシタと蘇芳《すおう》満希のファン。それで十分だった。

「この頃、昔のメニューが復活してますね」

笙子は黒板の「カルボナーラ」を指さした。二年ほど前から姿を消していたメニューだ。

「やっぱり閉店が近いから、それで」

ヤマダさんは溜息《ためいき》を吐《つ》いた。

「メッシタが無くなったら、東京へ来る楽しみがなくなるわ」

ヤマダさんの住まいは名古屋だと聞いたことがある。

「毎回新幹線で帰るんじゃ、大変だったでしょう」

「だから、東京に部屋借りたんです」

「ええっ！」

笙子はビックリして思わず椅子《いす》から腰を浮かせた。ヤマダさんは悲しそうにメニューを眺め、また溜息を吐いた。

「主人と交代で利用してるんですよ。休みの日が別だから、別々に上京して、メッシタでご飯食べてたんです。そのうち一緒に来ようねって言ってたんですけど、実現しないうちに店の方が無くなるなんて」

「すごいですねえ」

笙子はヤマダさんの熱意に頭が下がった。

「前に、山形から新幹線で上京してメッシタにいらっしゃるご夫婦がいらしたけど、その上を行ってますね」

「ああ、私も存じ上げてます。元々は楠見《くすみ》さんのファンで、ジュリオの頃から常連でいらしたとか」

「ヤマダさんも、その頃から?」

「私、ジュリオには一回しか行ったことないんです。本格的に通うようになったのは、ルチアになってから」

「リストランテ・ルチア」は楠見豊《ゆたか》がジュリオの後で開いた店だ。イタリアから帰国した満希が、メッシタを開くまで十年近く働いた店でもある。

「はい、どうぞ」

カウンター越しにハムカツの皿が差し出された。

「宮本《みやもと》さん、どうぞ召し上がって」

ヤマダさんが少し皿を寄せてくれたので、笙子は遠慮無く味見させてもらった。

メッシタのハムカツは、一口大のハムの塊に衣をつけてオリーブ油で揚げたもの。衣は小麦粉にイーストを加えて水とビールで混ぜる。オリーブ油は沸点が二二〇〜二四〇度と、油の中で最も高いので、カラッと揚がる。そして冷めても美味《おい》しい。

カリカリの衣に包まれたイタリア産ハムは、ほどよく熱が通っていて、噛《か》むと肉汁が沁《し》みだしてくる。そして「当たり」と称するウズラの卵が混ざっているのもお楽しみだ。素朴と言えば素朴な料理だが、熱狂的なファンがいて、「どうしてもって頼まれてハムサンド作ったけど、あれ、結構面倒でさ」と満希がぼやいていたのはいつだったか……。

「はい、アーティチョークです」

笙子の前に出てきたのは、薄い衣で軽く揚げたアーティチョークを包む卵焼き。この卵焼きは周囲はカリッとしているが、中心はトロリと半熟になっている。かつて白トリュフを掛けた豪華版も登場したが、トリュフ抜きでも十分に美味しい。

「ヤマダさん、どうぞ」

「いただきます」

続いてヤマダさんの頼んだ「大粒牡蠣《かき》のソテー」が出てきた。満希が築地で仕入れてきた牡蠣である。大粒が三個載っていて、マッシュポテトが添えてある。身はプリプリと弾けんばかりで、艶《つや》が良い。

笙子はつい手を伸ばしそうになり、あわてて引っ込めた。

「どうぞ、お一つ」

ヤマダさんは共犯者の笑みで勧めてくれる。笙子は恐縮しながら一個いただいた。

「ハマグリのクスクスが来たら、召し上がって下さいね」

言い訳のように囁《ささや》いて、牡蠣を口に入れた。

その瞬間、牡蠣が何故海のミルクと言われるのか良く分った。一口嚙めば、牡蠣から貝の旨味が溢《あふ》れ、口いっぱいに広がっていく。その味はまるで磯の香りをまとった生クリームのように濃く、甘く、舌を包んでしまう。呑《の》み込むのが勿体《もったい》ないと思いながらも、牡蠣は芳醇《ほうじゅん》な風味を置き土産に、ツルリと喉《のど》を滑り落ちた。

「……」

二人は同時に顔を見合わせ、幸せに緩んだような笑みを浮かべた。

「美味しいですねえ」

「ホントに……」

知り合ってから何度も交わした言葉だった。でも、メッシタが閉店してしまったら、次に同じ言葉を交わせる日は、いつやってくるのだろう?

二月半ばのその日、満希の作る料理を堪能しながらも、笙子の心は一抹の寂しさを拭《ぬぐ》えなかった。

「明日から働かせてください」

楠見は履歴書から顔を上げ、ジロッと満希の顔を見た。互いに三年半ぶりに会ったのだが、「お久しぶりです」とか「向こうはどうだった？」とか、月並みな挨拶はまるで無かった。

満希はリストランテ・ルチアの店内に目を配った。場所は六本木七丁目、「トラットリア・ジュリオ」のあった場所からそう遠くない。規模は二回りほど小さいようだ。カウンター八席とテーブルが十卓。内装は白とベージュのみで、椅子のダークブラウンがアクセントになっている。あまりにもシンプルで寂しいような気もするが、余計な装飾が無いので気が散らない。……もしかしたら、食事に集中できて良いのかも知れない。

漆喰《しっくい》の壁が真っ白なのは、開店からまだ一年しか経《た》っていないこともあるだろうが、掃除が行き届いているのと、厨房に強力な換気装置を備えているからに違いない。

楠見は昨日の続きのような態度で言った。

「勤務時間は前と同じだ」

「はい」

「今の店は一人が全部やる。前菜もパスタも肉も魚も。デザートの担当はいるが、休んだら、お前やれ」

「はい」

「給料は手取りで十八万。昇給あり。これは俺の胸三寸だから、そのつもりで」

「はい」

楠見は「これで話はすんだ」とばかりに席を立とうとした。

「あのう……」

「何だ？」

「ジュリオはどうして閉めちゃったんですか？」

「潰《つぶ》れた」

楠見は苦々しい顔で、しかし正直に答えた。満希には予想外の答えだった。

「どうして潰れちゃったんですか？　あんなに流行《はや》ってたのに」

「さあな。俺にも分らん」

楠見はますます苦い顔で言った。それを見ると重ねて訊《き》くのが憚《はばか》られた。

「それじゃ、明日からよろしくお願いします」

満希は軽く頭を下げて、立ち上がった。

リストランテ・ルチアの厨房は、満希を入れて四人だった。楠見と根津《ねづ》寿人《ひさと》、そしてデザート専門の百瀬亜美《ももせあみ》。亜美以外は前菜からパスタ、肉料理、魚介料理まですべてこなさなくては成り立たない。サービスはソムリエの本田翔平《ほんだしょうへい》と中江克也《なかえかつや》の二人で、本田以外は皆二十代だった。店と同じく、スタッフも若い。

トラットリア・ジュリオとの一番の違いは、メニュー構成にあった。ジュリオには百品近いアラカルト・メニューがあったが、ルチアは基本的に「お任せ」のみだった。その日仕入れた材料で、一番適切な料理を作って提供する。ただし、お客の要望があれば、それに応《こた》えるのをモットーにしていた。

出勤第一日目から、満希は慎重に、しかし積極的に動いた。店に届けられる種々雑多の食材をどのように仕分けし、どのように下処理をするか、瞬時に判断して迅速に対応した。イタリアでの経験が助けになって、戸惑うこともなかった。

「メニューはいつ決まるの？」

鯛《たい》の鱗《うろこ》を落としながら、根津に尋ねた。

「前の日に決まってるものもあるけど、だいたいはオヤジさんが出て来てからだね。『この材料でこれやるかッ!?』みたいなこともあれば、お客さんの注文で訳のわかんない料理作ることもあるし」

タコを塩揉《しおも》みしながら根津が答えた。

食材の下処理が終わり、昼近くなってから楠見が店に現れた。

「おはよう」

厨房に入ると冷蔵庫や貯蔵庫を覗《のぞ》いて、その日に仕入れた肉や魚介、野菜の状態を確かめた。

「今日は、赤司《あかし》さんの予約、入ってたな？」

楠見は冷蔵庫の前で本田を振り向いた。

「はい。四名様で伺ってます」

「じゃ、寿人、この鯛は赤司さんのテーブルに。尾頭付きでパスタにする。確か、先月お孫さんが生まれたはずだ」

満希は知らなかったが、赤司さんという客は大きな映像制作プロダクションの社長だった。

それから楠見は黒板に、その日のコースメニューを書き出した。パスタは冷製のカッペリーニだった。

すべて満希がイタリアで何度も作ったことのある料理だったが、ルチアではどのように仕上げるのか、後で根津に確認しておこうと思った。

「じゃあな」

メニューについてざっと説明すると、楠見はまたふらりと出ていった。

「隣に昼飯食いに行ったんだよ」

根津が耳打ちした。隣は寿司屋《すしや》だった。

「ほとんど毎日行ってる」

「へえ。じゃあ、お得意さんね」

「でも、寿司屋のオヤジもうちの常連でさ。毎晩店閉めてからうちに来る」

「へんなの」

開店一時間前にスタッフたちは簡単な賄《まかな》いを食べた。三十分前には最後のスタッフミーティングも終わり、お客様を迎える準備は整った。そこまではジュリオの頃と同じだった。

六時に店を開けると、予約の客が次々に現れた。

満希が注目したのは赤司さんのための料理だった。鯛の尾頭付きパスタはどうやって作るのだろう?

楠見は鯛をローストしてから身をむしり、骨を一度グリルで焼いてから出汁《だし》を取った。その出汁とトマトソースを混ぜ合わせ、タリオリーニという生パスタに絡める。そこに鯛の身と枝豆を混ぜ入れ、尾頭付きの骨の上に盛り付けると、見事に「めでたいパスタ」の完成だった。

遊び心溢れる祝福の料理をサービスされて、赤司さんが大喜びしたことは言うまでもない。

その夜、十一時のラストオーダーが近づくと、楠見は注文も入っていないのにスパゲッティを茹で始めた。量は一人前より少なくて、半人前くらい。

「それ、どうするんですか?」

満希が尋ねようとした瞬間、新しい客が入ってきた。

「よう」

客はカウンターにでんと座り、ドスのきいた声で言った。堂々たる体格で、頭は剃《そ》り上げたようにツルツルで、目つきが鋭い。満希はプロレスラーか暴力団関係者ではあるまいかと、チラチラ客の方を盗み見た。

楠見は黙々とTボーンステーキ用の肉を取り、挽肉器《ひきにく》に掛けた。ミンチになった肉とタマネギのみじん切りとパン粉をボウルに入れ、卵を割り、香辛料を何種類か加えてから塩胡椒《こしょう》し、ぐしゃぐしゃ混ぜ始めた。どう考えてもそれはハンバーグのタネだった。

楠見は小判型に形成したタネをフライパンで焼き、焼き目がつくとそのままオーブンに入れた。

次はフライパンにオリーブ油とニンニク、赤唐辛子の輪切りを入れ、中火に掛けた。良い匂《にお》いが漂ったところで火から下ろし、パセリのみじん切りを放《ほう》り込み、スパゲッティの茹で汁を少し加えた。最後は茹で上がったスパゲッティを加えて再び火に掛け、手早く和《あ》えて皿に盛った。ペペロンチーノと言われる、パスタの基本中の基本料理だ。ただし、いつも店で出す料理に比べて唐辛子の量がかなり多い。

「おまちどう」

楠見がカウンター越しに皿を差し出した。客は舌なめずりして受け取った。ブルネッロ・ディ・モンタルチーノという重厚でコクのある赤ワインを一本注文し、すでに前菜を肴《さかな》に三分の一くらい呑んでいる。

楠見は厨房から出ると、缶ビールを片手に客の隣に座った。二人は乾杯し、和気藹々《あいあい》と飲み始めた。

満希は声を潜めて根津に訊いた。

「あのお客さん、誰？」

「寿司屋のオヤジ。あればっか食べに来るの」

強面《こわもて》を絵に描いたような寿司屋のオヤジは、目尻を下げっぱなしでハンバーグとスパゲッティ・ペペロンチーノ大辛を頬張《ほおば》っている。隣の楠見は缶ビールを傾けつつ、ゲタゲタ笑っている。

満希は厨房から二人を眺めながら、こんなデカくて人相の悪い二人組が座っていたら、あのカウンターにはお客が寄りつかないんじゃないかと思ったものである。

店を閉めたのは深夜一時過ぎだった。


翌日から、満希はルチアの主戦力になった。楠見は十一時になって仲良しの寿司屋のオヤジが現れると、客席に移って呑みに入ってしまい、使い物にならない。仕方なく満希が厨房の采配を振った。根津は判断もスピードも経験も、明らかに満希に及ばなかった。

ルチアもジュリオと同様、有名人の顧客が少なくなかった。おそらくジュリオの常連だった人たちが引き続き利用していたのだろう。

ルチアの料理は、基本的には極めてオーソドックスだった。満希がＩＣＩＦで習い、修業したレストランで何回も作ってきた料理だった。

それなのに、楠見の手に掛かると味の次元が一つ上がる。何の変哲もないペペロンチーノが、ボンゴレが、ペンネ・アラビアータが、パルミジャーノを使ったごく基本的なリゾットが、どうしてこれほど美味しいのかと思う。同じ材料で、同じやり方で作っているのに、楠見と同じ次元の味を出すことが出来ないのだ。

グリルもローストもそうだった。早い話が網焼きとオーブン焼きである。誰が作っても大差ないように思える。だが、楠見の火の通し方は絶妙だった。タンパク質が過熱によって変化する、その最高の瞬間を知っていて逃さない。

満希は楠見の傍らで、その一挙手一投足を息を詰めて観察した。だが、特別なことは何もない。無造作に塩を振り、火に掛ける。鍋を火に掛けたら、適当に調味料を足してソースを作る。

そう、〝無造作〟〝適当〟にしか見えないのに、出来上がった料理は〝特別〟だった。どうしてそうなるのか、まだ答えは見つからない。

でも、絶対に見つかる。いや、見つけてやる！

満希は自分に言い聞かせた。今の自分ならきっと出来るはずだと、イタリアで修業した日々が教えてくれた。

働き始めてしばらくすると、楠見の別の一面も見えてきた。

顧客には結構わがままな人もいて、無理難題のような注文を出す。楠見はそれに応えて奇想天外な料理を作る。ジャズのインプロビゼーションのようなその応酬を、楠見はおおいに楽しんでいるようだった。

「失恋の痛みを忘れさせてくれる料理、作ってよ」

ある売れっ子の写真家が言った。楠見が作ったのは「リゾット・アマルコルド」。ベシャメルソースの海に浮かぶ巨大な乳房型リゾットだった。表面を生ハムで覆い、真ん中にはご丁寧に黒トリュフの切れ端を差し込んである。

「何でこれが失恋に効くの？」

「ハートブレイクは最大のストレスだからね。ストレスに打ち勝つには適量の酒、腸管の働きを活発にするキノコ、精製度の低い穀物、豆、根菜、チーズが必需食品と、栄養学の本に書いてある」

そのリゾットには生ハム、パルマハム、パルメザンチーズ、アスパラガス、キノコ類、白ワインが使われている。

「分るけど、何故アマルコルド？」

「フェデリコ・フェリーニの映画の題名から頂いた。彼の故郷、エミリア・ロマーニャ州で、ちょうどその食材の産地のわけさ。フェリーニって、巨乳好きじゃない」

「あ、なるほど」

美食家という評判の初老の小説家は浮かない顔でぼやいた。

「最近、どうにも鬱《うつ》でねえ」

楠見が作ったのは牛ハツのローストだった。

「西洋では昔から、対症療法として、具合が悪いときは動物のその部分を食べるんですよ。例えば胃が悪いときはトリッパ、とか」

「ふむ」

「鬱っていうのは心の病ですから、そのデンで行けばハート、心の臓でしょう」

そして楠見は付け加えた。

「あと、孔子によれば『悩み事があれば博打《ばくち》でも良いから手を使え』っていうのがあります。こんなの、ご参考になりませんか？」

「そうだねえ」

小説家は連れの三人と共にハツのローストを完食し、来たときよりは幾分明るい顔で帰って行った。

「来週、二人でお伊勢《いせ》参りに行くんだよ」

「今までなかなか機会がなくてね。とても楽しみにしてるのよ」

それはジュリオ時代から常連の中年ご夫婦で、わざわざ山形県から新幹線に乗って来てくれるありがたいお客様だった。

「それはそれは、良いご旅行になるとよろしいですね」

楠見が二人の旅の前祝いに作ったのは、伊勢エビがドンと載った皿だった。よく見れば、エビの胴体にはスパゲッティが巻き付いている。

「スパゲッティ・ア・ラ・お伊勢参りです」

ご夫婦は顔を見合わせ、吹きだした。冗談のような料理だが、スパゲッティには伊勢エビの甲殻から取ったソースを十分に吸わせてあって、大層贅沢《ぜいたく》な味わいである。

「今日も美味しかったよ」

「帰ったら、また寄らせてもらいますね」

二人とも心から満足した様子で、楠見も嬉しそうだった。

貸し切りで若いサラリーマンの送別会を行ったこともあった。独立して起業するための退社で、まずはめでたい話である。

楠見がパーティー料理のメインに作ったのは「サフォーク種仔羊《こひつじ》の丸焼き」だった。

「青年が大志を抱くための料理です。大志といえばボーイズ・ビー・アンビシャス、クラーク博士です。クラーク博士といえば北海道。北海道といえば羊。北海道産サフォーク種羊は、本家を上回るほどの美味しさです。まことに、今日のお祝いの主役に相応《ふさわ》しい料理じゃありませんか」

それらは謂《い》わば〝ハレ〟の料理だった。

そんな冗談のような料理が十分に美味しいのは、〝ケ〟の料理が優れているからに他ならない。

楠見の本領は〝ケ〟の料理で発揮されると、満希は思っていた。

誰でも知っている料理が、誰も食べたことのない料理に変身している。誰でも作れる料理が、誰にも作れないレベルの美味さに仕上がっている。

才能というのはこういうものかと思い知った。

とても敵《かな》わない……今は、まだ。でも、いつかは。


リストランテ・ルチアは、楠見の二軒目の店だった。しかし、店と人にも相性がある。ルチアと楠見は切っても切れない宿縁で結ばれているかのように、よく似合っていた。縦横無尽に暴れ回るように料理を作る楠見を、物静かで辛抱強い店がやんわり受け容《い》れているかのように、楠見と店は互いによく似合っていた。

「楠見さんとこの店は運命の恋人みたいなもんですね」

満希が冗談めかして言うと、楠見は珍しく真摯な顔つきで頷いた。

「ああ。やっと、自分の思い通りの店が出来た」

満希はどういうわけだか、そのときの楠見の言葉がずしんと胸に響いた。傍若無人で勝手放題な人間だが、他人には窺《うかが》い知れぬ苦労もあっただろう。ジュリオを閉め、ルチアを開くまでの紆《う》余《よ》曲折が、何となく察せられるような気がした。

満希がジュリオ閉店の事情を知ったのは、ルチアに勤めて一年以上過ぎた頃だった。特に聞き耳を立てなくても、そういう噂《うわさ》は自然と耳に入ってくるのだ。

それは「料理学校時代からの親友に頼まれて借金の連帯保証人になったが、間もなく店は倒産、親友は夜逃げし、楠見には莫大な借金だけが残された」という、いかにも二時間ドラマに出てきそうな話だったが、細かい点に相違はあっても、大筋はそんなところではないかと思われた。満希の知る限り、楠見は酒好きではあったが、女遊びや博打や投資に手を出してはいなかった。他に、流行っている店を手放すような理由は考えつかない。

満希はそれを知って、むしろ好感を抱いた。楠見がだまされたのは欲に駆られたからではなく、情に絡まれたからだ。短慮ではあるし気の毒ではあるが、人情に篤《あつ》いのは悪いことではない。

そして新しくルチアという、これ以上ないほど似合いの舞台が出来た。これからは存分に腕を振るって、イタリア料理に新しい驚きをもたらすに違いない……。

ところが、物事はそう上手く進まない。

ルチアは超のつく人気店だったが、その裏で従業員が次々辞めていく事態に陥っていた。

まず、パティシエの百瀬亜美が出勤しなくなった。前日、亜美が作ったデザートのパンナコッタを楠見が酷評したのが原因だった。

「お前の作るデザートは季節感がねえんだよ。何でいつも苺《いちご》とブルーベリーなんだよ？」

楠見は恐縮して頭を垂れている亜美に言い募った。

「だいたい、お前が作るデザートはジェラートとティラミスとパンナコッタとシブーストの順列組み合わせじゃねえか。何年も学校行って勉強したくせに、他のもの作れねえのかよ？」

亜美は黙って唇を嚙《か》み、目にうっすらと涙を浮かべた。

満希は隣で鶏肉《とりにく》をソテーしながらハラハラしていた。楠見は言い過ぎだと思った。そもそも亜美がこの四種類のデザートしか作れなくなったのも、楠見が「お前の作るデザートで合格点やれるのはこの四つだけだ」と言ったからなのだ。しかし、口答えしようものならフライパンが飛んでくるのは目に見えていた。

「百瀬さんに連絡してみましょうか？」

満希はお伺いを立てたが、楠見は吐き捨てるように言った。

「ほっとけ」

そしてジロッと満希を見た。

「今日はお前がデザートも作れ」

「はい」

満希は、亜美はきっと辞めるのだろうと思った。その覚悟がなければ無断欠勤など出来るものではない。次のパティシエが決まるまでは、満希が兼任するしかなかった。

ところが、新しいパティシエが決まらないうちに、今度はサービス係の中江克也が辞めてしまった。中江のオーダーの伝え方と、サービスのタイミングについて、楠見がガミガミ言ったからだ。

「お前、何年サービス係やってんだ？　お客の注文オウム返しに伝えるだけなら小学生だって出来るんだよ。客席の様子見てりゃ、食べるスピードがゆっくりな席と、早い席が分るだろ？　他人が一皿平らげる間に二皿、三皿平らげる早食いだっているんだ。それを見極めてここを先に、あれはこれの次でって、キチンと指示出せなくてどうすんだ！」

そんなの無理だよ、と満希は思った。まだ若い中江が楠見に調理の順番を指図するなんて。そんなことをしたら、怒鳴られるかフライパンで殴られるか、分ったものじゃない。

結局、中江は「もう、やってらんない」と言い残して店を去った。

「楠見さん、もう少し抑えて下さいよ。そりゃ言ってることは正しいです。でも、言い方ってあるじゃないですか。丸い卵も切り様で四角、ものも言い様で角が立つって」

満希は楠見が寿司屋から出てくるところを待ち伏せて、店の角に引っ張っていった。

「不満があるのは分ります。みんな楠見さんの目から見たら、至らないとこばかりですよ。だけど、楠見さん一人じゃルチアは回せないんです。人手がいるんですよ。そこんとこ、分って下さいよ」

さすがに楠見も感じるものがあったようで、その場は苦虫を嚙みつぶしたような顔で頷いた。しかし、楠見は元々堪《こら》え性のない性格だった。そして得てして名人上手と呼ばれる人間は、劣った人間に対して容赦がない。不手際や不細工を見ているとイライラして、耐えられないのだ。

百瀬亜美と中江克也が去ると、楠見の苛立《いらだ》ちは根津寿人に向けられるようになった。

満希に懇々と諭されたので、もう罵倒したりフライパンを投げたりはしなかったが、モタモタ調理しているのを見ると「俺がやる」と仕事を取り上げてしまった。そういう時はいつも爆発寸前の形相になっていて、そばへ寄るのも恐ろしかった。

根津がどんどん萎縮《いしゅく》していくのが満希には痛いほど分った。そうなると更に手際が悪くなり、つまらない失敗を重ねてしまう。ジュリオに入った頃の満希がそうだった。

「悪い方に考えちゃダメだよ。楠見さんだって悪気はないんだから」

楠見が出勤する前、厨房で食材の下処理をしながら満希は言った。

「でも、俺、もう耐えられそうもない」

確かに最近の根津は少し痩《や》せて、顔色もひどく悪かった。

「一緒に厨房に立つだけで、足が震えて動悸《どうき》がするんだ」

「気の弱いこと言わないでよ。開店以来ちゃんとやってきたじゃない。急に、ダメになるわけないでしょ」

だが、言葉とは裏腹に、満希は根津がもう限界であることを感じていた。

結局、その月限りで根津もルチアを辞めてしまった。

仕方なく、満希は厨房とサービス係を兼任することにした。出来るか出来ないかを考える余裕はなかった。店を閉めるわけにはいかない。楠見から晴れの舞台を奪うわけにはいかないのだ。

調理の合間に注文を取り、予約の電話を受け、出来上がった料理を運ぶ。厨房を出たり入ったりしながら、客席の間を飛び回った。

すると、今度はソムリエの本田翔平が離脱した。心労のあまり腸炎を発症して入院してしまったのだ。

ここが踏ん張りどころだ。

本田の入院の知らせに、さすがに楠見はあわてたが、満希はかえって肝が据わった。

絶対にルチアを閉めさせない！

その日から本田が復帰するまでの三ヶ月の満希の働きぶりは、今ではもう伝説になっている。

毎朝店に来ると掃除を済ませ、業者の応対をする。届いた食材をチェックし、予約客の顔ぶれを考え、その日のおよそのメニューも決めてしまう。楠見はそれを踏まえてアレンジを加えながら調理に専念する。

店を開けると、満希は尻ポケットに携帯電話を突っ込んで客席を回り、注文を取り、ワインをサービスした。出来上がった料理を素早くテーブルに運び、途中で掛かってきた電話に慌ただしく応対すると、再び尻ポケットに突っ込んで厨房に消えた。

誰も、この頃の満希が歩いている姿を見たことがない。いつでも走っていたのだ。

超のつく多忙な日々を送りながら、満希は新たな経験をした。それまで知識のなかった、店の経営についてである。

楠見に代わって業者への注文と支払い、家賃の支払いを続けるうちに、ルチアが抱える借金、一ヶ月の売り上げと食材費、人件費、光熱費などが分ってきた。あと何年で借金が完済するか、およその見当もついた。

それまで、何としても頑張ろう。

雇われている身ではあったが、いつの間にか「自分の店」という感覚が芽生えていた。事実、満希がいなくなったらルチアは成り立たなくなっていた。


大俵《おおたわら》かれんが結婚したのは二〇〇四年の六月だった。大学卒業後は父の潤吉《じゅんきち》のコネで入った某文化財団に勤めながらお見合いを繰り返していたが、やっと気に入った相手が見つかったらしい。

「ひと目見てビビッときたの」

かれんは松田聖子のようなことを言って微笑《ほほえ》んだ。

「よかったね」

「ありがとう。結婚式、来てくれるよね」

「もちろん」

「スオーも、早く良い人見つかると良いね」

「うん」

だが満希は、自分はもう恋をすることはないと思った。誰か好もしい相手が現れて結婚することはあるかも知れない。しかし、その人に対する気持ちは、きっとラウルに抱いた気持ちとは違っている。もう二度と、あんな気持ちになることはないだろう。

「お幸せにね。今回は間に合わなかったけど、私が自分の店を開いたら、結婚記念日に招待する」

「嬉しい！　待ってるよ」

結婚式で、満希は初めてかれんの夫になる人を見た。かれんとは正反対で色が白く、お公家《くげ》さんのような顔だった。しかし、かれんを見つめる細い目はとても優しそうで、明らかな愛情が宿っていた。

それを見返すかれんの瞳《ひとみ》も幸せの色に染まり、輝いていた。

満希はそんなに美しいかれんを今まで見たことがなかった。二人の幸せがいつまでも続くようにと、心から祈らずにいられなかった。


満希がルチアで過ごす時間は慌ただしく、そして足早に過ぎていった。気が付けば入店して既に足かけ九年だった。

「いつのまに、こんなに……」

自分でも不思議だった。面接でルチアを訪れたのはつい昨日のことのような気がするのに、こんなに時間が経《た》っていたとは。

気が付けば既に三十を幾つも過ぎているではないか。

ぼんやり感慨に耽《ふけ》っていると電話が鳴った。

「スオー、俺だ。休みの日に悪いが、話がある。近くまで来てるから、ちょっと出てきてくれないか」

楠見だった。心なしか声が暗い。

「はい。すぐ行きます」

待ち合わせの喫茶店に着くと、楠見は一番奥の席に座っていた。

「どうしたんですか、急に？」

良くない話だろうという予感はあった。休みの日に呼び出すなど、これまでなかったことだ。しかもわざわざ満希の自宅近くまでやって来るなど、普通ならあり得ない。それに楠見の顔がいかにも冴《さ》えなくて、悪い予感はいよいよ大きくなった。

「急で悪いんだが……」

楠見は普段とは打って変わって、何とも言いにくそうに口ごもりながら告げた。

「来月でルチアを閉めようと思うんだ」

まさに青天の霹靂《へきれき》だった。今年ついに借金を全額返済し終わったのだ。これでやっと後顧の憂いなく腕を振るえるというのに、いったい何故？

「癌《がん》が見つかってさ。ステージ４。余命三ヶ月だそうだ」

満希は生まれて初めて、全身から血の気が引いて行く感覚を味わった。一瞬、喫茶店の天井がぐるりと回り、足下の床が波打つように揺れた気がした。

「おい、大丈夫か？」

楠見が心配そうな顔をした。

満希は口が利けなかった。月並みな台詞《せりふ》はまったく頭に浮かばない。かといって立ち入ったことを訊く気もしない。

末期癌で余命三ヶ月。この事実がすべてだった。

「まあ、回復の望みがあれば俺も頑張るんだが、望みがないなら覚悟を決めたよ」

告白して気が楽になったのか、楠見の口調がいくらか軽くなった。

「死ぬまでの三ヶ月は、女房のために使おうと思う。今までは料理にどっぷりで、何も亭主らしいことをしてやれなかったし」

そこでふと言葉を切って、自嘲《じちょう》めいた笑みを浮かべた。

「今更遅いよな。こうなってみると後悔と反省ばっかだ。もっと先があるときに、女房に孝行してやればよかった」

楠見はいきなり居住まいを正し、深々と頭を下げた。

「すまなかった」

顔を上げると、目がうっすら潤んでいた。

「お前には本当に申し訳ないと思ってる。お前の実力なら、とっくに独立して店を構えていてもおかしくない。それが分ってたのに、ついついお前の好意に甘えて、こんなことになってしまった」

楠見はグスンと洟《はな》をすすった。

「本当なら、お前が独立するときは、俺が後ろ盾《だて》になって応援して、これまでの厚意に報いなくちゃならなかった。それが、何とも面目ない」

楠見はもう一度頭を下げた。

満希は何も言わなかった。いや、言えなかった。ただ、涙だけが止め処《ど》もなく流れ落ちた。

楠見は黙って、満希の涙が止まるまで待った。

「スオー、お前は絶対、料理の世界で生きていけよ。俺は星になって応援するからな」

楠見はニッコリ笑い、冗談めかして明るく言った。

満希はただ何度も頷いた。もし「気持ち悪いこと言わないで下さい」と言ったら、そのまま大泣きしてしまいそうだったから。

第七章 また逢う日まで

三月三十一日は朝からどんより曇り空で、昼になっても気温は上がらず、二時過ぎから冷たい雨が降り出した。

あ〜あ、こんな時は絶対当たるんだよな、天気予報って。

満希《まき》は心の中でぼやきつつ、目黒に向っていた。

今日はメッシタ最後の日だ。感傷に浸る気は毛頭ないが、せめて今日だけは降らないで欲しかった。来店する予定の大勢のお客さんのために。

店に着いたのは二時半だった。いつもより少し遅い。

コートを脱いでエプロンを掛けると、早速業者が訪れた。一番乗りはワイン専門店「ラ・カンティーナ・ベッショ」。豊富な品揃《しなぞろ》えと主人の目利きが素晴しく、開店以来ほぼ毎日ワインを仕入れてきた。

「今日が最終日なんでしょ？　大変だねえ」

「ま、最後の一踏ん張りよ」

配達員と軽口を叩《たた》きながら代金の精算をする。新しい店でもラ・カンティーナ・ベッショからワインを仕入れるつもりなので、これからも付き合いは変らない。

続いて野菜がどっさり届く。イタリア産の白アスパラと野生のアスパラが四キロずつ、ラディッキオが二キロ、トマトが二キロ。グリーンピースとタマネギ。

魚屋からはホタルイカ一箱と極上ウニ一箱、二キロ台の天然真《ま》鯛《だい》一尾、鰹《かつお》のサク、ヤリイカ。

肉屋からは「一番でっかい塊で」という注文に応《こた》えて、五キロ台の仔羊《こひつじ》の肉。これが本日のメイン料理となる。

そしてイタリアから空輸されたプーリア産ブッラータチーズが十二個。

本日限りで閉店する五坪の店の仕入れとしては、桁外《けたはず》れの量だった。しかし、これでも心を鬼にしてセーブした結果で、鬼にならなければこの倍くらい仕入れてしまったかも知れない。

何しろ、予約したお客さんの他に、友人知人がどれだけ「最後の挨拶《あいさつ》」にやって来るか、予想がつかないのだ。来てくれた人にはちょっとでも料理を食べさせたい。それが料理人の習性だろう。

食材が揃うと、満希はいつもと同じペースで仕込みを進めた。骨付き鶏《とり》でブロードを取り、魚の下処理をして冷蔵庫にしまい、野菜を小分けにする。

準備が調ったところで厨房《ちゅうぼう》から出た。黒板の前に立ち、チョークを握って本日のメニューを書く。

「今日くらいはおまかせで」

午後五時。店の扉を開くと、外には既に予約のお客さんが並んで待っていた。

「いらっしゃいませ！」

満希は笑顔で挨拶し、頭を下げてお客さんを迎え入れた。


満希が三度目のイタリア渡航について話してくれたのは、一月の終りの水曜日。例によって魚《うお》河岸《がし》通いは休みなので、銀座の松屋で柿《かき》の葉寿司を差入れに買い、開店前のメッシタを訪ねたときのことだった。

「本当はあの時、もう料理人はやめようと思ったんだ」

リストランテ・ルチアが閉店し、楠見《くすみ》がホスピスへ入った後……。

「なんか、疲れ切っちゃって、抜け殻みたいになって……」

満希は当時を思い出したのか、幾分寂しげな表情になった。

「分るわ。だって九年間、本当に必死で働いたんですものね」

笙子《しょうこ》は素直に同情した。ルチア時代の満希の獅子《しし》奮迅《ふんじん》の働きぶりは、当時の常連客から何度も聞かされた。満希自身も「雇われている身ではあったけど、自分の店みたいに思っていた」と言っていた。満希は単なる楠見のアシスタントではなく、共同経営者と言って良い存在だったのだろう。

実際、放漫経営に陥りがちな天才シェフ楠見の手綱を引き締め、ハイレベルに店を維持しつつ、借金返済を完了できたのは、満希の活躍に負うところ大だったはずだ。その頑張りはひとえに、楠見に思い通りの料理を作らせたい、陽《ひ》の当たる舞台で存分に腕を振るってもらいたいという願い故だった。

「それが、店は無くなっちゃう、楠見さんは死んじゃうで……結局、私には何も残らない。何だか、一生懸命ハシゴ登ってる途中で、外されちゃったみたいな気分でさ」

満希は柿の葉を剝《む》き、鯛の押し寿司を口の中に放《ほう》り込んだ。

「あ、これ、いけるね」

ちょうどお湯が沸いた。笙子は日本茶のパックを入れた紙コップに片手鍋から湯を注いだ。日本茶のパックと紙コップは自宅から持ってきたものだ。五坪しかないメッシタには余計なものを置く場所はない。

「で、イタリアへ行こうと思ったわけは？」

「……何だろう？　自分でも良く分らない。ただ、料理やめて、他に何が出来るんだろうとか、ぼんやり考えてるうちに、取り敢《あ》えずイタリアに行けば答えが見つかるような気がして」

「ずっと思ってたんだけど、結構行き当たりばったりな性格よね？」

「うん。自分でもそう思う」

「結婚とか考えなかった？」

「けっこん?」

満希は腑《ふ》に落ちない顔で訊《き》き返した。

「だって女の人って、仕事に挫折《ざせつ》すると結婚に逃げたりするじゃない。挫折しなくても、一段落すると結婚が視野に入ってくるとか」

そして満希はまだ若く、十分に魅力的だった。

「私はなかったなあ……」

「何故かしら? むしろ、そっちの方が不思議」

「う〜ん。多分、かれんを見てるからかも知れない」

親友のかれんは、ある意味、満希の進む道を開いた存在だ。

「かれんは旦那《だんな》とラブラブでね。隣のバカップルみたいなの。新婚早々なら分るけど、五年も六年も経《た》ってもすごく仲良くてさ。段々顔まで似てきちゃって」

満希はそこで楽しそうに微笑《ほほえ》んだ。

「あの二人は本当にお似合いだと思う。でも、かれんなら別の人とでも幸せにやっていけるような気がする。何て言うんだろう、すごく柔軟性があって、相手を受け容《い》れる能力が高いの。だから、結婚に向いてるなって思う。でも、私はそうじゃないから」

笙子は紙コップに湯を注《つ》ぎ足した。

「でも、満希さんだって、わがままで有名な楠見さんと九年間も一緒にやってきたじゃないの。

柔軟性も包容力も、並じゃないわよ」

「それは話が別だって。仕事は切れ目があるけど、結婚はずっと一緒じゃない。私、仕事終わってまであのオヤジと一緒にいるの、まっぴらだもん」

二人は同時に声を立てて笑った。

「理由は自分でも分らないけど、料理やめようかって悩んだとき、結婚は思い浮かばなかった。全然、視野に入ってこなかった」

「それは正しい選択だったと思うわ。だって、満希さんが結婚しちゃったら、メッシタはなかったんだもの」

笙子は鯖《さば》の押し寿司に手を伸ばしながら、黒板にチラリと視線を走らせた。

本日のメニューが書き上がっている。「白モツのトマト煮」「シラスのタルタル」「大きな牡蠣《かき》と縮みホウレン草」「カブとアスパラのタプナードソース」「ギアラ煮込み」「ホロホロ鳥のカルピオーネ」「ムツの揚げ物」「豚のミラノ風カツレツ」等々。

シラスは絶対に食べよう。カブとアスパラも美味《おい》しそう。トリッパが美味しいんだからギアラも絶対いけるわね。ホロホロ鳥のカルピオーネって何？　まだ食べたことないわ。今日はこれだけは外せない。まずは心を落ち着けて、カルピオーネを中心にメニューを組み立てないと……。

柿の葉寿司をつまみつつ、満希の話に耳を傾けながらも、笙子の心は本日のメッシタの料理に奪われていくのだった。

満希がローマ空港に降り立ったのは二〇一〇年の十一月初頭だった。イタリアの首都だというのに、満希はローマに滞在したことがない。ゆっくり見て回るには良い機会だった。片手にはキャスター付きのスーツケース、懐には四百五十万円を持っている。全部遣うつもりで持ってきた。もちろん、食べ物に。

安いホテルに荷物を置き、その日からローマの街を探索した。ラツィオ州は長靴で言うと膝《ひざ》に位置する。この地方もまた豊かな自然に恵まれ、風光明媚《めいび》な別荘地、海水浴場、狩猟地区、新鮮な魚が水揚げされる港を備え、オリーブと野菜類の生産が多い。北のボルセーナ湖では鰻《うなぎ》の養殖が盛んで、南部では牛豚の畜産の他に水牛が飼われ、モッツァレラの生産が行われている。

州都ローマは世界有数の観光名所であり、カトリックの総本山ヴァティカン市国を有し、古代からの遺跡があちこちに残っている。

ローマの料理の特徴の一つは、パスタ料理が多いことだろう。乾燥パスタ、生パスタ、パスタ入りのスープなど豊富な種類があるが、中でも「ローマのパスタ料理の三位一体」と呼ばれるのが「ブカティーニのアマトリーチェ風」「フェトチーネの煮込みソース風味」、そして日本にもお馴染《なじ》みの「スパゲッティ・カルボナーラ」である。

次はユダヤ料理の店が多いことだった。ローマのユダヤ人は古代ローマ時代から住んでいて、スィナゴーガ（ユダヤ教寺院）の周囲にはユダヤ料理の店が何軒もある。「ズッキーニの花のフライ」「カルチョフィのユダヤ風フライ」「チコリとひしこ鰯《いわし》のオーブン焼き」「ブロッコリーとパスタのスープ」などは、満希もＩＣＩＦにいた頃習ったものだ。

もう一つは内臓料理だろう。昔、下町のテスタッチョ地区には屠畜《とちく》場があったので、多くの内臓料理店があった。その名残で、今も下町には内臓料理を食べさせる店が多く、普通のトラットリアでも土曜日にはトリッパ、仔羊の内臓とカルチョフィのソテー、脳みそのフライ、テールの煮込みなど、内臓料理のメニューを出す。

第一日目は何を食べようかな……？

満希は一九〇〇年創業のジェラテリア・ジョリッティでジェラートの上にクリームをトッピングしたアイスクリームを買い、食べながらローマの街を歩き回った。気分はオードリー・ヘップバーンと行きたいところだが、さすがに十一月のローマは肌寒く、鼻水が垂れてきた。

ローマには二週間滞在した。その間、昼と夜は街に出て食事をした。観光客が行く店ではなく、地元の人が通うトラットリアを中心に店を選んだ。

最初はホテルの従業員に尋ねた。

「本物のローマ料理が食べたいんだけど、どこの店が良いかしら？」

「それだったら〇〇が一押しですよ」

「店はちょっと分りにくいけど、△△は行く価値ありだね」

「××のカルボナーラを食べなきゃ、ローマに来た価値はないよ」

満希が流暢《りゅうちょう》にイタリア語を話すので、みな親切に店を紹介してくれた。

次はその店の主人や、常連らしい客に尋ねてみる。訊き方もあれこれ試して工夫した。

「本当に美味しかったわ。ところで、この店の次に美味しい店って、どこ？」

「夕食をここで食べるとして、昼食はどの店で食べるのがベストかしら？」

「ローマで一番美味しいトリッパはどの店のだと思う？」

一日二食、たっぷりとローマの味を堪能した。

それから北の港町チヴィタヴェッキアへ移動して、魚料理を中心に食べ歩いた。


ラツィオ州の次はトスカーナ州へ赴いた。フィレンツェには一年住んでいたので、勝手は分っている。

民宿に近いようなホテルに宿を取り、早速食べ歩きに出た。

滞在三日目の夕食に「トラットリア・ソスタンツァ」に入った。古くから続く町の大衆食堂で、日本で言えば定食屋に近い。誰でも知っているような料理しかメニューにない店だ。

前菜に頼んだのはトスカーナの居酒屋の定番アンチョビトースト。トーストとたっぷりのバター、そしてアンチョビ。和食に例えればおろし納豆かもろキュウと言ったところか。料理とも言えないお手軽な一品だが、トスカーナの酒のつまみと言ったらこれに限るくらい人気がある。

「Pollo《ポッロ》 alla《アッラ》 burro《ブッロ》」

何気なく注文した次の一品は、鶏の胸肉を溶き卵にくぐらせ、たっぷりのバターで焼き色を着け、鍋ごとオーブンに入れて火を通したものだ。溶けたバターはパンにつけて食べる。

昔ながらの単純な料理なのに、じんわり身体《からだ》に沁《し》みる感動があった。平凡だが、豊かでホッとする味だった。

ああ、これ、作りたいなあ。

そんな思いがこみ上げてきた。奇を衒《てら》うことなく、何十年もずっと作り続けられてきた料理。働く町の人たちに長い間、愛されてきた料理。

料理の入っていたアルミの両手鍋は、パンで底まできれいに拭《ぬぐ》い、一滴のバターも残さずに完食した。

翌日も、その翌日も、フィレンツェに滞在している間ずっと、満希はソスタンツァに通い詰めた。

何度食べても食べたくなる味。毎日食べても飽《あ》きの来ない料理。

肉汁をたっぷり含んでしっとりした鶏肉を嚙《か》みしめながら、満希はふっと視界が開ける感じがした。

次に訪れたのはリグーリア州だった。長靴の左の付け根に位置し、俯《うつむ》いた三日月のような形をしている。州都のジェノヴァは古くから商業港として栄え、コロンブスの生誕地でもある。海に面しているので魚介類は豊富で、中でも小ダコ・生シラス・ムール貝などはリグーリアの特産品と言われていた。港の近くにはフライ専門店が何軒もあって、新鮮な魚介類を目の前でフライにしてくれる。

満希は生シラスを堪能した。フリシェウというかき揚げも美味《うま》かったが、タルタルを食べて驚いた。生姜醤油《しょうがじょうゆ》も美味いが、オリーブ油と香辛料も良く合う。熱を加えないから、新鮮な生シラスの食感と風味をそのまま楽しめる。もしシラスが古かったら、とても食べられたものではないだろう。

肉料理は仔羊・仔牛・ウサギ・トリッパを使った料理が多かった。「Cima《チーマ》 alla《アッラ》 genovese《ジェノヴェーゼ》」がリグーリアの代表的な肉料理で、チーマはジェノヴァ方言でバラ肉のことだ。仔牛のバラ肉に詰め物をして茹《ゆ》で、バジリコを加えたソースをつけて食べる。同じ料理がピエモンテではローストに変り、ソースにバジリコは加えない。

そしてエジプト豆の粉を使った料理が珍しかった。昔ジェノヴァは小麦貿易の中心地で、早くからパスタ料理が発達した。エジプト豆も小麦と共にシチリアから入ってきたという。「リグーリアは北に位置するが、古くからシチリアやサルディニアと交易があったため、料理は南部風のものが多い」と、満希はICIFで習った覚えがある。

今度はシチリアに行ってみようかな……。

そう思ってもう一度南へ向う途中、「ナポリを見てから死ね」という格言を思い出し、シチリア島へ渡る前にナポリに滞在することにした。

カンパニア州は長靴の足首の前部分に位置し、ティレニア海に面している。州都ナポリはローマ、ミラノに次ぐイタリア第三の都市で、南イタリア第一の大都市だ。ヴェスビオス火山を背景にする風光明媚な土地で、ポンペイ遺跡を始め観光名所が数多く、旧ナポリ市街は世界遺産に登録されている。カンパニア州ではナポリの存在感が圧倒的に大きいせいか、カンパニア料理ではなくナポリ料理と呼ばれている。

ところが、ナポリに着いた途端、満希は街が汚いので驚いた。至る所にゴミが捨てられている。おまけに、生ゴミもテレビやマットレスのような粗大ゴミも一緒くたで、分別《ぶんべつ》という概念がないのかと訝《いぶか》ったほどだ。元々ゴミ問題が発生していたところに、ナポリを拠点とするマフィア・カモッラがゴミの不法投棄ビジネスに参入し、ますます問題が大きくなっていたのだった。

満希は六十代半ばの女性が営む小さなホテルに宿を取った。ホテルと言うよりは下宿屋に近い感じだった。

「ナポリはピッツァとパスタが有名だけど、海の幸が自慢なの。私が若い頃は海辺にオスティリカーロって言う、生の貝を食べさせる屋台がいっぱいあったわ。今はもうないけど。でも、茹でダコを食べさせる屋台はまだ残ってるわ。ナポリのタコは柔らかくて、そりゃ美味しいのよ。一度食べてごらんなさい」

パメラ・ソレンティーノという女主人は明るく世話好きでお節介という、典型的なイタリアの〝マンマ〟で、ICIF時代に派遣されたプーリアのレストラン「マルティーナ・フランカ」のオーナー夫人フランチェスカ・カリーニを思い出させた。そのせいか、初めて会ったばかりなのに、満希はパメラを昔から知っているような気がした。

「今夜のご飯、何処《どこ》で食べたら良いですか?」

「ここから行くなら『カンパネラ』が良いわ。歩いて五分と掛からないから。私も友達とよく行く店なの。Zuppa di cozza《ズッパ　ディ　コッツァ》(ムール貝のスープ)は是非お食べなさいな。あと鰯のマリネも。本当に美味しいから」

そして、出掛ける前にはしつこいほど念を押した。

「夜はスリやかっぱらいが多いから気をつけるのよ。食べ終わったら寄り道しないで帰ってらっしゃい。スペイン地区には絶対に行っちゃダメよ」

カンパネラという店はすぐに分った。日本でもよく見かける町の食堂と言った趣で、地元の常連客で賑《にぎ》わっていた。

パメラお勧めのムール貝のスープは、スープと言うより鍋料理に近かった。山盛りのムール貝、タコ、エビの下にはパンが敷いてあり、出汁《だし》の効いたトマト味のスープをたっぷり吸っている。ほのかなニンニクの香りに食欲をそそられ、タコにかぶりつくと、呆気《あっけ》ないほど簡単に噛み切れた。よく煮込まれているのだ。柔らかいだけでなく、十分に旨味《うまみ》がある。きっと寿司《すし》ネタになるくらい上等なタコに違いないと思った。

一緒に頼んだ鰯のマリネも素晴しかった。何しろ鰯が新鮮で、コリコリした歯ごたえがある。日本でもこんな新鮮な鰯は食べたことがない。酢の締め方は柔らかで、味加減が絶妙だった。

冷たい白ワインを呑《の》んでホッと一息ついたところで、隣のテーブルに運ばれた料理が目についた。

あれは、ホタルイカのパスタ……。

上にトマトソースが載っている。食べてみたかった。この店のホタルイカなら、絶対に新鮮で美味しいはずだった。でも……。

ムール貝のスープは結構な量だった。日本なら四人前くらいある。しかし、ここで食べなかったら後悔で眠れないような気がする。

満希は胃に手を当てて考えた。

「私にもホタルイカのパスタ下さい！」

満希は隣のテーブルを指さしてウェイターに叫んだ。

ナポリは観光名所に興味のない満希にも、見物したい場所が沢山ある街だった。例えば魚市場がそれだった。

「そうそう、一度魚市場に行くと良いわ。ここでどんな魚が捕れるかひと目で分るから。隣は野菜と果物の市場だし、きっと楽しいわよ」

とパメラが推薦したナポリの魚市場は、これまで見た他の地方の魚市場より規模が大きかった。扱う魚介類の数も豊富で、地中海料理に欠かせないオマールエビやムール貝はもちろんのこと、日本で馴染《なじ》みの鯵《あじ》・鯛・鰹・鮪《まぐろ》・太刀魚《たちうお》・蝦蛄《しゃこ》など、ほとんど揃っているようだ。

隣の野菜と果物の市場も楽しかった。イタリアの野菜は露地物中心のせいか、一般に日本の野菜より味も香りも強いが、ナポリの野菜はさらに濃厚で、色まで鮮やかだった。魚介類とは反対に、日本では見かけない野菜が沢山並んでいた。サボテンの実は果物として売られている。

毎朝パメラが用意してくれる朝ご飯を食べると、散歩がてら市場を見て回るのが満希の日課になった。

そして、ナポリに来たらピッツェリアに入らないわけにはいかない。ナポリはピッツァ発祥の地なのだ。また、昔からパスタ産業も盛んで、南には今も昔ながらの製法でパスタを作る小さな工場が残っている。アメリカやヨーロッパにピザとパスタを広めたのは、出稼ぎや移民で異郷に渡ったナポリの人々だった。

昼はほとんどピザを食べた。ナポリのピッツァの特徴は、モチモチした生地の美味しさにあると言われていた。トッピングは色々あったが、塩だけのおむすびにした方がご飯の味がよく分るのと同じで、簡素にした方が生地の味がよく分る。それでマルガリータかマリナーラを注文することが多くなった。確かに生地は美味しいと思ったが、トマトソースも美味かった。余計な味をつけない素直なトマトの味で、だから多様なトッピングにも合うのだろう。

その日はクリスマスだったが、一人旅の満希にはあまり関係ない。いつものように街を散歩して、美味しそうな店を探していた。

たまたま訪れただけなのに、ナポリがすっかり気に入ってしまった。このままパメラのホテルで年を越して、シチリアに渡るのは年が明けてからにしようと決めていた。

そこはサンタ・ルチア通りのプロムナードだった。通り沿いには高級ホテルが建ち並んでいる。ナポリには珍しく「危なくない場所」で、満希はのんびり歩いていた。

と、後ろからバイクの音が近づいてきた。

避けようとした瞬間、背中に衝撃が走り、そのままつんのめって地べたに倒れ込んだ。

「……！」

突然のことで声も出ない。顔を上げると既にバイクは走り去っていた。周囲を歩いていた人が立ち止まり、何人かが近寄ってきて、口々に「大丈夫か？」と言った。中の一人が手を貸して助け起こしてくれた。コンクリートに激突した両膝《ひざ》に痛みが走った。

「ありがとう……」

礼を言おうとして、たすき掛けにしていたショルダーバッグがなくなっていることに気が付いた。しかし、いきなり殴り倒されたショックの方が大きくて、盗難に関しては神経が麻痺《まひ》していた。

「ひどいわ！　何てことでしょう！」

満希の代わりに悲憤慷慨《こうがい》してくれたのはパメラだった。

「まだ昼間だって言うのに、女を襲って強盗を働くなんて、恥知らずな！」

パメラはすりむいた満希の膝を消毒しながら、目に涙を浮かべた。

「一緒に警察に行きましょう。いえ、その前に医者へ」

「大丈夫よ、マンマ・パメラ。骨は異常ないから」

本人以上に怒り、悔しがり、親身になって心配してくれるパメラを見ていると、段々落ち着いてきて、受けたショックも和らいだ。

満希はパメラに付き添われて警察に被害届を出しに行った。

しかし、応対した若い警官には「カモッラで頭痛いってのに、ひったくりごときに一々付き合ってられっかよ」という態度が見え見えだった。

「まあ、かすり傷で済んでラッキーだったよ。この前被害に遭った日本のおばさんは引きずられて膝割っちゃったし、デカいピアスしてたネエちゃんは耳たぶごと持ってかれちゃったからね」

満希は知らなかったが、サンタ・ルチア通りは最近カメラのひったくりが横行しているという。

「ちょっと、あんた、何よ、その言い方は！」

パメラは眉《まゆ》を吊《つ》り上げ、警官に向って人差し指を突き立てた。

「満希には何の落ち度もないのよ。ブランド品はないし、カメラだって持ってないわ。だいたい、安全であるべき昼間のサンタ・ルチア通りにひったくりが横行するなんて、警察の怠慢じゃないの！」

「ちょっと、マンマ・パメラ、落ち着いて」

満希はあわてていきり立つパメラを宥《なだ》め、警察を出た。

「マキ、気の毒に。多分、盗まれたバッグは戻ってこないわ」

「大丈夫。小遣銭しか入ってないから。あのバッグはバーゲンで買ったノーブランドだから、惜しくないし。平気よ」

あの警官の言った通り、かすり傷で済んで運がよかったのだと自分に言い聞かせた。それに、被害額が最小ですんだのはパメラのお陰だった。パメラの人柄を信頼しているから、ホテルに旅行資金を残して外出したのだ。宿の主人が信用できなければ、常に全財産を身につけていなくてはならない。そうしたら、今頃は無一文になっていたはずだ。

「日本に『不幸中の幸い』って格言があるのよ。今日の事件って、まさにそれね」

「マキ、あなたは偉いわ」

パメラは感に堪えたように言って、満希の両手を握った。

その夜はパメラの手料理をご馳走になって、クリスマスを祝った。

これ以後、満希はパメラを「ナポリのばあちゃん」と呼ぶようになり、イタリアに「里帰り」した際は、必ずパメラのホテルに何日か滞在するようになった。

二〇一一年一月上旬、満希はナポリ港からフェリーでシチリア島へ向った。目的地はパレルモ。北西部にあるシチリア第一の都市だ。

地図で言えばシチリア島は長靴の爪先《つまさき》のすぐ前に転がっている石のようだ。紀元前からギリシア、フェニキア、ローマ、アラブ、ノルマン、フランス、スペインと、多様な国と民族の支配を受けてきたため、各文化の影響が混じり合い、文明の十字路と呼ばれている。豊かな海産物と農産物に恵まれ、フェニキア人の伝えた製塩業は今も続き、その塩田で作られる塩は日本にも輸出されている。

食材に関してはアラブ人によって米・パスタ・クスクス・砂糖・ナッツ類・柑橘《かんきつ》類が、ノルマン人によって干鱈《ほしだら》が、スペイン人によってサフランやペペローニがもたらされ、それらは交易によってイタリア全土へ伝播《でんぱ》したのである。

パレルモの街に立ったとき、満希は他のイタリアの街と景色が違うことに気が付いた。イタリアにあってはかなり異国的な雰囲気だ。ノルマンやアラブの建築物が残っているせいだろう。

シチリアでも満希のスケジュールは同じだった。安いホテルに泊まり、朝は市場を見て回り、昼と夜を町で食べる。ナポリと同じくシチリアも魚介と農産物に恵まれているので、市場は見所満載だ。毎日通っても見飽きない。

パレルモでは魚介料理を堪能したが、他のイタリアの土地と同じく肉料理も充実していた。特に中東部では馬肉を食べる習慣があり、日本にいた頃にはあまり馴染みのなかった馬肉料理を何種類も食べた。そして、ナポリにおけるピッツァの様な存在が、シチリアではアランチーニだった。いわゆるライスコロッケで、中に入れる具材はチーズの他にハム・挽き肉・野菜と色々ある。アラブ人が米を食べているのを見て、手でつまんで食べられるように作ったという説がある。

シチリア島に渡るフェリーの売店でアランチーニを見たときは驚いた。ロマーノでもライスコロッケを出していたが、それは丸いドーム型でトマトソースが掛かり、ナイフを入れると中からチーズがトロリと溶け出すお洒落《しゃれ》なひと皿だった。ところが売店ではコーラやポテトチップと並んで売られている。形も不格好な三角形だった。

食べて二度ビックリした。ご飯がべっとり油を吸って、一個食べたら胸焼けがしそうだ。料理ではなくジャンクフードに近い。

よくこんなもの食べられるな。

呆《あき》れて食べかけのアランチーニをじっと見て、ふと気が付いた。

これがイタリアのライスコロッケなんだ……。

レストランで食べる料理ではないが、毎日の生活と切り離せない舌に馴染んだ味。自宅で、出先で、小腹が空《す》いたときにつまむ料理。

満希は、日本へ帰ったらアランチーニを作ってみようと思った。

とびきりの材料で丁寧に作ったら、どんな味になるだろう？

パレルモに十日ほどいて、南東部にある都市シラクーザに移動した。シラクーザはパレルモと同じく海に面した港町だが、魚市場はパレルモより大きく、一般人が入れる市場としてはイタリア一の規模を誇っていた。鮪の水揚げが多く、日本人観光客も訪れるためか、歩いていると「トロ！」と声が掛かった。

しかし、実はシチリア人はトロを好まないという。脂っこいのでしつこく感じられるようだ。赤身が好きなんて、江戸前だね。

満希は昼食を食べようと、魚市場の近くの店に入った。家族だけで営んでいる気取らない店で、お客は市場関係者と近所の人が大半だった。ここなら魚介類は何でも美味しいはずだ。エプロン姿の中年女性は、年齢からすると店主の妻らしい。

「今日のお勧めは何ですか？」

「お嬢さん、日本人？」

「スィー」

「それなら鰹のカルパッチョとウニのパスタがおすすめよ。日本人は鰹が大好きなんでしょ？それに、ウニを食べるのは日本人とシチリア人だけなのよ」

「じゃ、それでお願いします。あと、白ワインをグラスで」

運ばれてきた鰹は厚切りで、味付けは塩胡椒《こしょう》とオリーブオイル、そしてシチリア名産のレモンをたっぷり絞る。店が自慢にするだけあって、新鮮な鰹は臭みがまったくなく、食べていると血がきれいになるような気がした。脇に添えられたクスクスはトマトソース味で、鰹との相性も良い。アラブから伝わった極小のパスタは、すっかりシチリアに定着している。

ウニのパスタがやってきた。日本で食べたウニのパスタは生クリームを使っていたが、この店は「ボンゴレ・ビアンコのあさり抜き」風パスタの上にドンと生ウニが載っている。一口食べて、イタリアのウニは日本より塩気が強いと感じた。パスタに絡めて食べると、ウニの味が際立った。

満希は大きく鼻から息を吐き、ウニの至福に満たされた。

シラクーザには一週間滞在した。そして一日二回、町の食堂を食べ歩いた。

一月の終りにイタリア本土へ戻り、ヴェネチアに三日滞在した後、再度フィレンツェを訪れた。フィレンツェで一週間を過ごし、またしても町の食堂に通った。

日本に帰る前、裏通りの雑貨屋でアルミの小さな両手鍋を買った。トラットリア・ソスタンツァで食べたあの鶏肉料理「ポッラ・アッラ・ブッロー」を作るために。

三ヶ月と五日をイタリアで過ごし、百二十軒近い店を食べ歩いた。日本から持って行った四百五十万円で手に入れたのは、そのアルミの鍋と十三キロの脂肪……ゆるかったジーンズがパンパンで穿《は》けなくなってしまった……、そして「もう一度イタリア料理をやる！」という揺るぎない決意だった。

満希にもう迷いはなかった。自分の作りたい料理、やりたい店が何か、イタリアで過ごすうちにハッキリ見えたのだ。

毎日食べても飽きのこない味。財布を気にせず気軽に通えて、一人でも気兼ねなく入れて、好きな物を好きな量だけ食べられる、そんな店を作ろう。

手持ちの資金は八百四十万円に少し足りない。そのうち四百万円は運転資金として残さなくてはならない。開店準備に使える金は四百四十万円足らず。それですべてを賄《まかな》うためには……。

人を雇う余裕はない。全部一人でやる。だから店は狭くて良い。そして、家賃が売り上げの三日分も掛かるようでは続かない。何とか一日の売り上げで家賃を払える物件を見付けないと。

場所は何処《どこ》でも良いから、十坪以下で、十万円以下。

満希は条件を決め、インターネットで店の物件を探した。

見付けたのが目黒の元競馬場近くにある、今のメッシタだった。駅から徒歩二十分近く掛かり、周囲は繁華街ではなく住宅地。元は近所の人が銭湯帰りに通う居酒屋だった。

五・一九坪。十二万円。

「もう一声、何とかなりませんか?」

満希は家主と交渉した。

「でもねえ、居抜きで使える物件だよ」

居抜きが聞いて呆れる。十五年も居酒屋を営業していたので、どこもかしこも汚れきり、ガタが来ているのだ。

「だってここ、壁とか全部塗り直さないとダメですよ。厨房の設備も全部新しくしないと使えないし、タイルだってベトベトで、目地が真っ黒ですよ。これも張り替えでしょ？」

粘りに粘って、賃下げに成功した。

保証金・敷金・礼金・仲介手数料込みで、物件取得に掛かった費用は九十五万円。

次は店内の設計と外装・内装で二百三十万円。

店の外のわずかな土地にオリーブを植え、入り口は格子の引き戸からガラス張りの開閉式ドアに変えた。壁紙の代わりに大きな黒板を貼《は》った。厨房のタイルは張り替えなくても使えたが、目地の汚れが取り切れない。仕方ないのでインターネットでタイルに絵を描く人を募集し、格安で引き受けてくれたロゴデザイナーの助手に頼んだ。その人はタイルをキャンバスに、影絵風のロマンチックな絵を仕上げてくれた。

工事が終わったとき、思いがけないプレゼントが届いた。どこから話を聞いたのか、「リストランテ・ルチア」の常連だった長友啓典《ながともけいすけ》氏が、店のロゴマークを描いて送ってくれたのだ。小文字の「m」をデザインしたシンプルなロゴは、その日から閉店の日まで、いつもドアの表で満希を見守ってくれた。

厨房設備に六十五万円。厨房器具が十万円。

ホームページの作成に三十五万円遣った。今の時代、宣伝はインターネットを外せない。

仕上げに、店の名刺を三万円分刷った。

容《い》れ物は出来た。あとは中身だ。

満希は帰国してからずっと、店で出すメニューを考え続けた。

シンプルに。でも手間を惜しまずに。誰でも作れる料理を、誰にも作れないレベルで。そして、必ずイタリアの韻を踏む。

メニューの名前は分り易《やす》く変えた。ソスタンツァで惚《ほ》れ込んだ「ポッラ・アッラ・ブッロー」は「鶏バター」。「トルティーノ・ディ・カルチョフィ」は「アーティチョークの卵焼き」。「ポルペッティーネ」は「ミートボール」。

最後まで悩んだのが「アンチョビトースト」だった。トスカーナの食堂では前菜の定番だった。食べればとても美味しい。

でも、これ、料理じゃないし。

料理人のすることはただパンを焼くだけ。そして皿にバターとアンチョビを置けば出来上がり。

でも、美味いんだよな、やっぱり。

結局、満希はアンチョビトーストをメニューに載せることにした。お客さんの身になって考えれば、これはあった方が良い。満希自身が食べたいと思っているのだから。

こうして二〇一一年四月二十四日、メッシタはオープンした。

「格好をつけずに　財布もかるがる　好きなものを　好きな分だけ　分りやすくて　入りやすい

そんな小さな店を始めます」

「はい、仔羊！　熱《あ》っついうちに食べて！」

満希は仔羊のローストを切り分けた皿を両手に、厨房とカウンターを往復した。

次々にやって来るお客さんで、メッシタは満員だった。八時を過ぎると足の踏み場もない混雑ぶりで、立ち飲み状態になった。

「どう、食べてる？」

人の間を縫って厨房に戻りながら、満希は周囲に声をかけた。どのお客さんも、何年も通ってくれたありがたい人たちだ。中にはルチアの頃からの常連もいる。予約無しで現れて「顔見に寄っただけだから」と、水も飲まずに花束を置いて帰った人もいた。

開店当初から贔屓《ひいき》にしてくれた角川春樹《かどかわはるき》氏は、いつものように一番早い時間にやってきて、赤飯を差入れてくれた。

「賄いで食えるし、あしたの朝飯にもなるから」

いったい閉店時間までにどれくらいお客さんが来るものやら、見当がつかなかった。たっぷり用意したはずの食材も、この分では品切になるかも知れない。

プーリア産ブッラータチーズ。茹でた白アスパラと野生のアスパラ。真鯛のカルパッチョ。パスタはウニとホタルイカの二種類。仔羊のロースト。

同じ料理を同じ順番で、何回も作った。切れ目なく次々に訪れるお客さんのために、絶妙な火入れの加減で。

十一時半を過ぎ、いつもなら閉店する時間が近づいてきた。ところが今夜は、帰って行くお客さんと入れ替わりに、別のお客さんが入ってきた。

「いらっしゃい！」

仲の良い料理人仲間たちだ。みんな自分の店を閉めてから駆付けてくれたのだ。

「今、カルパッチョ出来るから、呑んでて！　ワイン、冷蔵庫。勝手に出して好きなの呑んで！」

新しい客のもたらす新しい興奮で、店の中は沸騰した鍋のようだ。あちこちで歓声や笑い声が上がる。

空の色が漆黒から薄墨色に変り、灰色に近づいても、メッシタの喧噪《けんそう》は止《や》むことが無かった。

朝八時、満希は片付けを終えてコートを羽織った。

残っていた人たちと店の表で写真を撮った。みんな笑顔だった。

満希は店のドアを閉め、鍵を掛けた。

「店の片付け、いつやるの？」

「あさって……って、もう明日か」

「手伝おうか？」

「いいよ。五人もボランティアが来てくれるから、大丈夫」

「とにかくお疲れさん。大変な一日だったよね」

「うん。もう、クタクタ。一刻も早く家に帰って寝たい」

「だよねえ」

背中も肩も鉄の棒を通されたようにガチガチに固まって、足も腰も感覚が無くなりかけていた。

「今日はありがとう。私、車拾って帰るから」

満希は店の前で友人たちと別れた。

表通りに歩き出す前、もう一度メッシタを振り返った。

今まで、ありがとう。

六年間、お客さんの方を向いて下げてきた頭を、満希は店に向って九十度下げた。

毎朝七時に起きて築地に買出しに行き、昼過ぎから店に入って仕込みをした。午後四時に店を開け、閉めるのは夜中の十二時。片付けを終えて店を出るのはいつも午前三時過ぎ。

中途半端なことは出来ない性分だ。全身全霊を捧げてメッシタを続けてきた。出来ることはすべてやりきった。

だから、少しも後悔していない。この先、メッシタでの日々を思い出して感傷に浸るようなことも決してない。満希にはそれが良く分っている。それでも……。

もう一度、心の中でメッシタに呼びかけた。

忘れないよ。この世から消えてなくなってしまっても、覚えているからね。あんたは私の、最高の相棒だった。
満希は最後の別れを告げ、メッシタを離れた。

参考文献

吉川敏明『イタリア料理教本』（柴田書店）
リリー・フランキー／澤口知之『架空の料理 空想の食卓』（扶桑社）
澤口知之『イタリアン・ハーブを楽しむ生活』（河出書房新社）
「ｄａｎｃｙｕ」（プレジデント社）
「料理通信」（発行　料理通信社／発売　角川春樹事務所）

イタリア料理人鈴木美樹さんに心から感謝を捧げます。
本書は書き下ろし小説です。

著者略歴

山口恵以子（やまぐちえいこ）
1958年東京都生まれ。早稲田大学文学部卒。会社勤めをしながら松竹シナリオ研究所でドラマ脚本のプロット作成を手掛ける。2007年『邪剣始末』でデビュー。13年、丸の内新聞事業協同組合の社員食堂に勤務するかたわら執筆した『月下上海』で第20回松本清張賞を受賞。他の著書に『あなたも眠れない』『小町殺し』『恋形見』『あしたの朝子』『熱血人情高利貸　イングリ』『早春賦』『風待心中』「食堂のおばちゃん」『恋するハンバーグ 食堂のおばちゃん2』『愛は味噌汁 食堂のおばちゃん3』『トコとミコ』『毒母ですが、なにか』など。

Kadokawa Haruki Corporation

山口恵以子

食堂《しょくどう》メッシタ

*

2018年 4 月18日第一刷発行

発行者 角川春樹
発行所 株式会社 角川春樹事務所
〒102-0074 東京都千代田区九段南2-1-30 イタリア文化会館ビル
電話03-3263-5881(営業) 03-3263-5247(編集)
印刷・製本 中央精版印刷株式会社

ISBN978-4-7584-1320-6 C0093
http://www.kadokawaharuki.co.jp/